给妈妈的信

[法] 圣埃克絮佩里 著
宋欣 译

Lettres à Sa Mère

图书在版编目（CIP）数据

给妈妈的信 /（法）圣埃克絮佩里著；宋欣译.
北京：新世界出版社, 2025. 8. -- ISBN 978-7-5104
-8148-2

Ⅰ. I565.65

中国国家版本馆 CIP 数据核字第 2025M9C299 号

给妈妈的信

作　　者：	［法］圣埃克絮佩里
译　　者：	宋　欣
责任编辑：	楼淑敏
责任校对：	宣　慧　张杰楠
责任印制：	王宝根
出　　版：	新世界出版社
网　　址：	http://www.nwp.com.cn
社　　址：	北京西城区百万庄大街 24 号（100037）
发 行 部：	(010)6899 5968（电话）　(010)6899 0635（电话）
总 编 室：	(010)6899 5424（电话）　(010)6832 6679（传真）
版 权 部：	+8610 6899 6306（电话）　nwpcd@sina.com（电邮）
印　　刷：	三河市嘉科万达彩色印刷有限公司
经　　销：	新华书店
开　　本：	880mm×1230mm　1/32　尺寸：145mm×210mm
字　　数：	150 千字　印张：7.5
版　　次：	2025 年 8 月第 1 版　2025 年 8 月第 1 次印刷
书　　号：	ISBN 978-7-5104-8148-2
定　　价：	49.00 元

版权所有，侵权必究

凡购本社图书，如有缺页、倒页、脱页等印装错误，可随时退换。
客服电话：(010)6899 8638

导言

安托万·德·圣埃克絮佩里作为20世纪初伟大的作家之一，在法国文坛乃至世界文坛都是一个传奇所在。他所著的《小王子》一书，被誉为"阅读率仅次于《圣经》的最佳读物"。

圣埃克絮佩里的一生只有短短的44年，却给母亲写了足足34年的信。从10岁离开母亲在外求学开始，一直到44岁在飞行任务中失踪，他与母亲的通信几乎从不间断，最频繁的时候甚至会每天互通一封书信。

这本书信集就是圣埃克絮佩里从1910年到1944年写给母亲的书信合集，共收录了他的110封书信。其中，除了有3封写给姐姐、4封写给妹妹妹夫以外，其余103封全是写给母亲的。最后一封信写于1944年的7月，但直到一年后的1945年7月，他的母亲才收到了儿子留给自己最后的文字。

1959年，圣埃克絮佩里的母亲向法国档案馆捐出了儿子写给自己的信件，这些特殊的私人信件是圣埃克絮佩里整个丰富人生的事件概述。

这些信笺见证了圣埃克絮佩里从天真幽默的孩童到孤独伤感但依然不失孩子气的大人的全部成长历程，也揭示了他更真实可爱的一面。

不管是10岁的孩童,还是44岁的中年人,圣埃克絮佩里写给母亲的信大都以"慈爱的妈妈"开头,以"衷心与您吻别"结束,体现出他对妈妈深深的依赖和迷恋。在这些真情流露的私人信件中,虽然只是些家长里短和琐碎言语,甚至是着急催促妈妈赶快给拮据的自己寄钱过来的请求,都可以窥探出这个热爱飞行、喜欢自由冒险的飞行家,在内心深处依然是一个拒绝长大的孩子。

除了飞行,圣埃克絮佩里对精神生活也有着异于同时代人的强烈追求。在飞行间隙,他试图通过文字表达自己纯粹、细腻、孤独、敏感的灵魂和对世界、对战争的思考。

不管是处女作《南方邮件》、荣获法国费米娜文学奖的《夜航》、荣获美国国家图书奖的《风沙星辰》,还是经久不衰的文学经典《小王子》,都是他在飞行间隙所写。在给妈妈的书信中,他也反复提及书写这些文字的原因,分享自己的灵感,汇报自己的写作进度。他在1940年写给妈妈的一封信中,声称自己"正在酝酿一本能滋润人灵魂的书",就是后来闻名于世的《小王子》。

他还将自己飞行中的诸多元素写进作品,比如飞机坠毁、沙漠遇险、狐狸、玫瑰……都成为《小王子》中令人印象深刻的闪光点。

通过这110封信件,可以走进"小王子"温柔细腻的内心,从校园生活、工作生涯、从军经历和与母亲、与兄弟姐妹之间亲密的关系,全方位了解"小王子"的一生与《小王子》的诞生。

目录
CONTENTS

第一封 001	第十八封 036
第二封 002	第十九封 038
第三封 004	第二十封 040
第四封 006	第二十一封 042
第五封 007	第二十二封 044
第六封 010	第二十三封 046
第七封 011	第二十四封 050
第八封 015	第二十五封 054
第九封 017	第二十六封 057
第十封 019	第二十七封 061
第十一封 020	第二十八封 064
第十二封 022	第二十九封 066
第十三封 024	第三十封 069
第十四封 026	第三十一封 071
第十五封 028	第三十二封 073
第十六封 031	第三十三封 075
第十七封 034	第三十四封 078

第三十五封	080	第五十四封	129
第三十六封	083	第五十五封	131
第三十七封	085	第五十六封	133
第三十八封	088	第五十七封	136
第三十九封	091	第五十八封	138
第四十封	093	第五十九封	141
第四十一封	097	第六十封	142
第四十二封	099	第六十一封	144
第四十三封	103	第六十二封	146
第四十四封	106	第六十三封	148
第四十五封	108	第六十四封	151
第四十六封	110	第六十五封	153
第四十七封	113	第六十六封	155
第四十八封	116	第六十七封	157
第四十九封	118	第六十八封	158
第五十封	120	第六十九封	159
第五十一封	122	第七十封	160
第五十二封	124	第七十一封	162
第五十三封	127	第七十二封	164

第七十三封	166	第九十二封	201
第七十四封	168	第九十三封	202
第七十五封	169	第九十四封	204
第七十六封	170	第九十五封	206
第七十七封	172	第九十六封	208
第七十八封	177	第九十七封	210
第七十九封	179	第九十八封	212
第 八 十 封	182	第九十九封	215
第八十一封	184	第 一 百 封	217
第八十二封	186	第一百零一封	219
第八十三封	188	第一百零二封	221
第八十四封	190	第一百零三封	222
第八十五封	191	第一百零四封	224
第八十六封	193	第一百零五封	226
第八十七封	195	第一百零六封	228
第八十八封	196	第一百零七封	229
第八十九封	197	第一百零八封	230
第 九 十 封	198	第一百零九封	231
第九十一封	199	第一百一十封	232

第一封

勒芒，1910年6月11日

慈爱的妈妈：

我亲手做了支自来水笔，用起来很顺手，现在我就用来给您写信。埃马纽埃尔舅舅①老早就答应了要送我一块手表作为主保日的礼物。您能写信提醒他就是明天吗？星期四我会随着学校②去橡树圣母院朝圣。天气很糟，雨不停地下。我做了一张可爱的小桌子，放大家送我的礼物。

再会。

慈爱的妈妈，好想见您。

安托万

---

① 埃马纽埃尔·德·丰斯科隆布，圣埃克絮佩里夫人的手足兄弟，拉摩城堡的所有者。
② 十岁的安托万是勒芒地方德·桑德克洛瓦圣母院教会学校的寄宿生。他的母亲暂住圣莫里斯村。

第二封

勒芒，1910年

慈爱的妈妈：

好想再见您。

阿奈姑妈①要过来待一个月。

今天我跟皮耶侯一起拜访了德·桑德克洛瓦圣母院教会的同学。我们在他家品尝美食，气氛十分融洽。今早已在学校举行过领圣体仪式。我想跟您分享大家朝圣的经历：七点四十五分先在学校集合，排好队后去车站搭乘开往萨伯雷的火车。我们到萨伯雷后，坐上开往夏恩圣母院的马车，每辆马车都超过了52个人，车顶、车里都是中学生，只有中学生。两匹马拉着的马车车身又长又大。大家在车上都感到很新奇。五辆马车中的两辆坐着弥撒侍童，其他三辆坐着中学生。大家到了夏恩圣母院，做了弥撒，吃了午餐。七、八、九、十年级的学生和护理学校的学生一样乘马车去索连姆，我不想坐马车，就请学校批准，跟一、二年级的学生一起走过去。两百多人的队伍跟整条

---

① 阿奈·德·圣埃克絮佩里是安托万的姑妈。

街一样长。吃过午餐，先是参观仿圣墓，再到圣物店购物，最后我和一、二年级的学生走到索连姆。

到了索连姆还要继续走，因为时间不够，没能参观途中路过的大型修道院。修道院旁有大大小小的大理石块。我捡了六块，送给别人三块，其中一块有一米半到两米，同学还要我带回去，但实在太大了，我连搬都搬不动。大家到了索连姆后都坐在草地上吃点心。

我一口气给您写了整整八页。

圣体降福后大家排队去车站搭乘回勒芒的火车，八点才到家。主日学考试我得了第五名。

再见，慈爱的妈妈。诚挚地吻您。

安托万

第三封

弗赖堡，圣·让别墅，1916年2月21日[①]

慈爱的妈妈：

佛兰索瓦刚刚收到您写给我们的信件，说至少得等到三月初您才能来看我们！我们满心欢喜地以为本周六能见到您呢！

为何您要延期呢？我们真希望您能早点来！

估计您周四或周五就能收到这封回信，您能一收到就回电报并答应来吗？若您周六一早就搭乘当晚抵达弗赖堡的快车，我们一定会欢欣雀跃的！

大家热切地盼望着您能来！您若不来，我们大家都会伤心呢！若您实在无法赶来，是否能在收到回信后马上回电报呢？最晚周五晚请给我们回信，这样好让我们安排周日的活动。不过您一定要来哦！

[①] 1915年—1917年两年间，安托万和弟弟一同成为弗赖堡玛丽安特一家管理的圣·让别墅的寄宿生。圣埃克絮佩里夫人是昂贝略火车站护士会的护士长。

再见,慈爱的妈妈,衷心与您吻别,我们急切地等着您。
致礼

敬爱您的儿子

安托万

附言:一收到信请立刻电报回复,这样我们才不会浪费周日的计划。回复的时间别超过周五晚上!

第四封

弗赖堡，圣·让别墅，1917年5月18日星期五

慈爱的妈妈：

最近风和日丽，只有昨天下了一场雨！博纳维夫人已告知我可怜的小佛兰索瓦①的病情！她还告诉我高中会考的事已经办好了，让我不用担心。您不必再给巴黎写信咨询我的资料是否寄走，因为我早就写信问好了，只需预先通知里昂方面资料寄到的时间即可，我之前都忘了。总之进展不错，结局也不错……

昨天我们和夏若一起遛弯：三人组合再加他（共计：3+1=4）。

我们学期末即圣灵降临节的那周，会去比律森纳还远点儿的地方。

再见慈爱的妈妈，衷心与您吻别。

致礼

敬爱您的儿子
安托万

---

① 同年7月10日，罹患风湿性关节炎的佛兰索瓦·圣埃克絮佩里病逝于圣莫里斯村。

第五封

巴黎，波休耶学校，1917年[1]

慈爱的妈妈：

我最近忙得要死。如果每天都能收到您的信，我将雀跃不已！让莫诺特[2]寄她所有的照片和我忘在她房间的相簿给我吧。（是相簿不是文件夹）

我们仍是下课就玩，刚刚和打算报考巴黎综合工科学校的学生打棍仗的结果是9：0。

这次我们屈尊同他们较量，好让他们见识一下我们的厉害。尽管人数不够需要有人来补缺，但双方阵营都不待见准备报考中央高等工艺制造学校的学生，遂只得放弃了让他们加入战局的提议。海事预备生和工科预备生（天经地义）看不上工艺预备生，工艺预备生和海事预备生看不上工科预备生，工科预备

---

[1] 安托万在巴黎（1916年）、里昂（1917年）相继获得两个中学毕业文凭后，在巴黎波休耶学校准备海军军官学校的入学考试。
[2] 安托万的姐姐西蒙娜的昵称。

生和工艺预备生看不上海事预备生，如此逐次循环。

工科预备生挺懂打仗，但队伍里绝不能有仇人啊。

海事预备生是最差劲的，而我们是最团结的，其次就是工科预备生和工艺预备生。

在这儿我碰到圣若望中学来的贝格，今天他来接待室看我，再次见面觉得怪怪的。

我最近还不错，周日已进行了领圣体仪式。

帕杰先生给我们做了一个小演讲："若有不能够吸收理解科伦先生和我准备的数学题目的同学最好自行离开。我跟你们保证：假如你们热爱数学，一定会在课堂中收获不少！"课程很多，而且老师讲课的速度很快，但我都能搞得定，因此很欣慰。我最近一切顺利，请勿挂念我，妈妈。

长吻您！

致礼

敬爱您的儿子

安托万

工艺预备生是我们鄙视的宿敌。"工程师"是"反海军"的下贱职业（坚决附议莫诺特）。

附言：寄些您做的松露巧克力吧，多寄些可以养胃的点心。

我不喜欢波苏妈妈费心烹制的油炸千层酥。我喜欢真正的甜点,如杏元饼干、松露巧克力(无夹心!!!)和糖果。

您现在知道我想要什么了吧。

请家里根据安托万的提议来安排吧。

快寄来糖果给我加油吧。

第六封

巴黎,波休耶学校,1917年

慈爱的妈妈:

　　我最近状态不错,像黑奴劈柴般勤勉。今早有写作课。您若是天天给我写信,会给我带来巨大的乐趣,让我觉得我们两个人亲密无间。

　　我见了德·桑德克洛瓦圣母院教会[1]毕业的神甫,他是爸爸的同班同学。气候宜人,且我们又已有暖气供应。除了邮票我什么都不缺,请寄两本邮票簿给我吧。

　　慈爱的妈妈,我就写到这儿,衷心与您吻别。

　　致礼

敬爱您的儿子

安托万

---

[1] 安托万和父亲一样,直至1915年都在德·桑德克洛瓦圣母院教会念书。

第七封

巴黎，波休耶学校，1917年

慈爱的妈妈：

终于能抽空给您写信。数学模拟考试我发挥得不错，满分20我考了10分……

巴黎的辛纳狄一家①邀我加入他们的周日聚会，但我因功课烦冗只能留校（留校是指不离开学校范围内的自由行动）。我不太反感留校。

波休耶学校让人备感舒适，可做错了事却要留校12小时，别的学校只需要关五分钟。但是如果能忍受，倒也觉得没什么。

一阵醉人的快乐盘踞了我的心！如果您也在的话，我简直要高兴死了。请多寄些信来，看到信就像见到您一样。

事实上之所以要留校12个小时，就是因为我们在非自习时间偷溜到自习室（非自习时间不得入内），刚好在登高架上钉巨幅战舰和油轮海报时被抓。现在我来告诉您我对纪律的看法。

一、宿舍风气：所有的不良风气的传言都是讹传。我来这儿

---

① 辛纳狄一家是圣埃克絮佩里在萨尔特省的朋友。

的一个月内感觉良好。

二、宗教信仰：这里的信徒远比教会学校少，却更尊重他人。自习时间我的邻居偶尔读弥撒的默想文，无神论者看到了也不会嘲笑他。别人毫不在乎萨勒[①]在我需要时为我读《圣经》。无神论者完全尊重信徒的信仰，根本不像外校学生那样说"你都相信这些玩笑？"这样嘲讽的话。

本校学生只会问："你是天主教教友吗？"

"我是，你是吗？"

"我不是。"

无神论者尊重宗教信仰及信徒，信徒不受歧视的感觉真好。

三、校外纪律：去市区玩通宵的学生也不嘲弄安分守己的学生，甚至还会佩服他们的自制力。

总之，这里的信徒和安分守己的学生比教会学校少，却更勤奋。教会学校里的信徒大都是因为从小养成的习惯或受家庭的信教传统影响而顺从的，可我又懂什么呢？我们班绝大部分同学都属于后者。

我的数学课要开课了，希望我能学好。

我可是分管10到15个人的纠察队长呢，还特别负责指挥一项前所未有的"上蜡"任务。班长只要一声令下："给×上蜡。"我这个纠察队长就得落实上蜡的日期、时间和地点，如何找人等事宜。

[①] 夏尔·萨勒是安托万在圣·让别墅最要好的同窗和朋友。

真心不想跟工科预备生这种心胸狭隘、推卸责任、易情绪化、不懂玩耍、全是缺点的人在一起，真想永远都不用跟他们打交道。我们被他们修理惨了。

我不仅要做步兵的军事准备，炮兵的军事准备也要做——因为我感兴趣。我们的炮兵技术课每周在文森纳要塞有实地拉练，随着上校一声号令，大家纷纷拉炮。

风纪股长的辞职真是大新闻。他和原财务股长的位置对调了。

我必须停笔去学数学了，给您一个大大的拥抱。

我想回码头堡①过新年，不然再见您就得是复活节那天了。

再见，慈爱的妈妈。

衷心与您吻别。

致礼

敬爱您的儿子

海事预备生万岁！！！

蠢蛋工科预备生！！！

蠢蛋工艺预备生！！！

我们把黑板写得满满的（别科学生的自习室黑板却空空如也）。

学校里有一位学监，不知是28岁还是30岁，也是工艺预备

---

① 瓦尔的码头堡是安托万母亲家族布瓦耶家族的产业。

生,所以最近我们经常在黑板上写字嘲笑他。我们还会在黑板上写:"工艺预备生的数学题:求解一次方程式的三个未知数。"(难度等于"儒勒共有三粒弹珠,拿掉一粒还剩几粒"或是"二乘二的结果")

这可是我最后一枚邮票了哦。

第八封

巴黎，1917年11月25日

慈爱的妈妈：

感谢您的来信。

我刚刚结束愉快的一天：我先是去了莫里斯舅舅①家，午餐后，按约定和刚到的阿奈姑妈会合。整个下午我们都在树林里。

我喜欢走路，因而没有搭乘地铁，现在走回圣路易，感觉有些累（我可是整整步行了15千米）。

我希望周四能参加玛丽·特蕾泽②的婚礼。我还收到奥黛塔·德·辛奈提两封殷切的来信。能够见到他们一家人，我感到欣喜万分，但不知道他们什么时候会来。

妈妈，您好吗？不要太辛苦啦！等到明年二月，我就成为薛尔堡、丹克格或杜隆的执勤军官啦，到时候，我会为我们俩租个小房子：军旅生涯三天陆地四天海上，陆地上的三天我们

---

① 莫里斯·德·莱特朗热是圣埃克絮佩里夫人的亲属。
② 1917年11月29日嫁给让·丹尼斯的玛丽·特蕾泽·乔丹是乔丹将军的女儿。

两个相依为命；我长这么大还是第一次独立生活，我还需要妈妈的保护！我们母子团圆，一定会幸福地生活下去！要是在我离开之前能这样过上四五个月该多好，如果有儿子陪伴在您身旁，您定会格外幸福。

我目睹过这里的浓雾，十分可怕，比里昂的恐怖多了。

您能寄这些东西给我吗？这里的"购买同意书"可不比富希堡的管用：

一顶圆顶礼帽（或寄钱给乔丹女士代买）。另附：一、"波多牌"牙膏；二、鞋带（要里昂的，安贝胡鞋带不结实）；三、邮票（这个不着急，因为我还有12张存货）；四、水手贝雷帽。

周四我难得能出门，趁机买顶圆顶礼帽和贝雷帽（周日一定要戴帽子才能和伊冯娜出门）。所以请您周一前写信并寄钱给乔丹女士，这样周四以前就能寄到，我马上就可以去买急用的圆顶礼帽，而且入伍预备训练也急需贝雷帽。

没有其他要与您分享的了。明天我会写信告诉您第一次法文考试的成绩。

再见，慈爱的妈妈，衷心与您吻别，记得写信给我。

敬爱您的儿子
安托万

第九封

巴黎，波休耶学校，1917年

慈爱的妈妈：

您曾答应过我每天给我写一封信的，但是新的来信怎么这么久都还没有送来？

今天是周四，三天后就是星期天啦！我已经答应了芒东夫人①的邀请，要去他们家吃饭。之前那次去拜访她时，恰巧无人在家，于是我留了张名片。

天气阴沉沉的，夜景很凄然，蓝光覆盖着整个巴黎……电车是蓝光，波休耶学校的路面是蓝光……到处弥漫着诡异……但德国鬼子肯定不怕。如今灯下的巴黎就像一团墨渍，只剩黯淡和凄绝，毫无反射的光晕。倘若街边的窗户透出灯火，那么是会受到惩罚的，家家户户都必须挂上厚窗帘。

我刚刚读了《圣经》，整整有25页都是谈论戒律的，不愧是法律名著的人性浅谈。辞藻华丽的道德戒律闪耀着涉世的美好。

您读过萨洛蒙的箴言和雅歌吗？这些作品实在是太美妙了！

---

① 圣埃克絮佩里夫人的女友。她们的孩子关系也很融洽。

包罗万象的《圣经》中经常出现悲情文学,而且比普通作家的作品表现得更浓厚、长远和世俗。《训道篇》您看了吗?

我身体和精神都很好,数学成绩也不错。

衷心与您吻别。

致礼

敬爱您的儿子
安托万

第十封

巴黎，波休耶学校，1917年

慈爱的妈妈：

这次用尊称"您"来开篇。

如果您要来的话，就把常用的地图集带给我吧，其实越早拿到就越好，在此先表示感谢啦。

您为我所做的一切，我都无以为报，别看我的脾气坏又任性，我可是十分知恩图报的。妈妈，您知道的，我是十分爱您的。

最近我都在用心学数学，我很快要开始学德文了。

再见。吻您。

致礼

敬爱您的儿子
安托万

第十一封

巴黎，波休耶学校，1917年

慈爱的妈妈：

刚刚发生了班干部危机，很多班干部辞职：

一、班长

二、副班长

三、风纪委员

四、生活委员（管财务）

本来经过内部危机之后，前任班委想借选举巩固政权，可预计的信任票都变成了反对票，结果只好引咎辞职。在空教室里举行的投票严肃认真，经过了一个半小时的数次答辩后，新班委名单如下：

班长：杜比

副班长：苏德勒

风纪委员：圣埃克絮佩里

因为一系列错综复杂的阴谋，生活委员（管财务）当场辞职了（复杂程度相当于国会），结果导致生活委员（管财务）这一职务空缺。前任生活委员（管财务）组织大家一整天都在走廊里商讨此事。最后的新班委中没有生活委员，于是生活委员变成可连任的独立官职。几番阻挠与无效的不信任投票后，提案终于通过了，遴选出了新班委。以前我任职的监察委员不是班委，而只是可随意撤换的服务者，级别相当于负责管理捣蛋者和喧哗者的士官。现在我是海军二军中的班委啦，负责维持秩序，班上同学必须绝对服从班委哦。最让我满意的是，我可以偷看班级档案，绝大部分人可连看一眼的资格都没有呢。

最近一切正常。我们能在昂比略会合后一起去南部吗？我的物理模拟考试成绩不错，考了14分。

还有一分钟我就要停笔啦，衷心与您吻别。

致礼

敬爱您的儿子

安托万

第十二封

巴黎，波休耶学校，1917年

慈爱的妈妈：

我去了比利时国王的姐姐旺多姆公爵夫人家吃饭……我快乐得像个小傻子：他们全都和蔼可亲；公爵大人看起来机敏风趣。午餐时我的用餐礼仪十分规范，没出一丁点儿差错，阿奈姑妈[①]对我不住地点头：若她的信中提到了我，您可以把那部分给我看吗？

最开心最荣幸的是，旺多姆公爵夫人让我腾出某个周日，陪她去法兰西歌剧院！

晚上，阿奈姑妈要我拜访权贵（这一路的见闻就跟《和谐丛书》里写的一样……），晚餐丰盛、点心美味，一切都如此完美！

一天中的最后行程是拜访S家，可惜只见到了S夫妇。他们邀我下周共同用餐。那时我将上午赴约，下午尽快搭车赶回码头堡……

[①] 安托万的姑妈阿奈·圣埃克絮佩里是旺多姆公爵夫人的伴娘。

请您尽快寄来一张电汇支票，要以我的名字为收汇人，这样才能预订票座。事实上每一分钟我都在忙碌中度过。

昂比略在下雨，而码头堡晴朗的天气，再加上可以见到迪迪①的喜悦，让我觉得会不虚此行！接下来13天的假期都舒适宜人。

不记得是否告诉过您，我上周日拜访了迪贝恩②姨夫。下午乔丹夫妇带我去剧院看了正在巴黎上演的精彩戏剧《小皇后》。

就写到这里吧，慈爱的妈妈，我全心全意地爱您，衷心与您吻别。

致礼

敬爱您的儿子

安托万

注意：巴黎与穷外省相比较，更不容易堕落。据我观察，原来有几位同学在外省家乡十分放纵，之后来到巴黎，因为身体原因而收敛不少。我规矩听话，从不惹是生非，我永远都会是您喜欢的小安托万。

---

① 安托万的妹妹加布里埃尔的昵称。
② 欧仁·迪贝恩伯爵迎娶了圣埃克絮佩里夫人的表亲佛兰索瓦·德·丰斯科隆布。

第十三封

巴黎，波休耶学校，1917年

慈爱的妈妈：

数学考试成绩刚刚出来啦，我比上次进步了五名。虽然不属于中上游，但我还是很满意，按这样的趋势，我距离心中的目标将越来越近！让我这个之前只读过文科的家伙立即就能把数学补回来简直不可能，尽管我学了三个月，但别人学了三年。

所以我这学期的成绩已经很不错了，甚至可以说小胜一回——排我后面的有八个人都读过了三年理科。

您一定想象不到，我应旺多姆公爵夫人之邀，明天会一起去法兰西歌剧院看戏。她已寄票给我：注意那可是包厢票呢，一张就要40法郎！真不枉我走这么一回，真是荣幸！

今天早上，来巴黎的吉约姆·德·莱特朗热探访了我。实在可惜，我无法应他之邀明天去他家赴宴。但我为下周日要去辛纳狄家吃饭而雀跃不已！

不记得是否告诉过您，上周日与阿利克斯姑妈[①]的会面实在为

[①] 阿利克斯·德·圣埃克絮佩里，嫁给路易斯·勒卡舍尔。

我的形象加分不少。她看我头戴圆顶礼帽，身披典雅防水衣，言行举止大方得体，便十分喜欢我。我、阿利克斯姑妈、阿奈姑妈、无名夫人（一位去过摩洛哥的荣誉勋位团成员）和热情的保皇派女士在糕饼店吃了美味的点心，糕点太美味，让我好一顿大吃。

今天最厉害的是海军二军的新任班委（包括您优秀的儿子）在"A，B"两部队全体成员中公开亮相。那个场合全是陌生人，这让我们激动不已。

我们先是回答了关于班委改选的种种问题。然后，他们进行有关海军传统与历史人物的演讲，可谓是声情并茂，感人肺腑。最后我们正式被他们任命为海军二军班委（海军二军隶属海军）。

我负责印鉴管理和档案管理的工作，可派上了大用场。我会想办法向您转述文件里精彩的阴谋与反阴谋，等等。我成立了秘密宪兵队，压制前任班委的不法行为，下次给您转述……

一想到马上就能见到您，我心中十分高兴，顿时精神振奋。但愿我能一直认真下去。慈爱的妈妈，我一直都爱着您。衷心与您吻别，期待不久与您相会！

致礼

敬爱您的儿子

安托万

重要！！！紧急！！！

附：用我寄的白信纸回信，写明您答应与我在昂比略会合后去南部，把白信纸附进回信中我方能离校。因为我须将离校授权书交给总学监。您越快寄来越好。

第十四封

巴黎,波休耶学校,1918年

慈爱的妈妈:

我终于再次踏入波休耶学校,尽管迟了五个小时,可我却一点儿也不难过,只希望今天赶快结束。周日我会离校:先去趟乔丹夫人①家,再去辛纳狄家度过愉快的夜晚。我很想去探望罗斯姨妈②,可却不知道她住在哪里,您能写信告知我她的详细地址吗?

真羡慕您能去南方,要是我也能同去该多好啊。您耽搁了多久呢?

日子过得黯淡无光,天气也坏透了,简直是鬼天气……我脚上长了冻疮……头上也生疮了。数学使我的反应变迟钝,我全身心扑在数学上,我陷入了解决马鞍形面、无限大、虚数的困境,却算得非常开心,因为它们都不存在(实数的情况除

---

① 乔丹夫人是圣埃克絮佩里夫人的朋友。她每周都定期接待一次安托万,还让他阅读道德类手册,避免误入歧途。
② 罗斯·格拉维耶是吉约姆·德·莱特朗热伯爵夫人,是圣埃克絮佩里夫人的亲属。

外），还有二阶差分……真见鬼！

这声惊呼让我稍稍安心了些，稍微清醒冷静了些。我刚和QQ，也就是帕杰聊过了。我把钱给了他，您还欠他405法郎，但他下个学期会找您多退少补的。他安慰我，跟我说数学还有些希望。

我有些沮丧，可您别为我操心，一切都会好起来的！真羡慕您在一个如此美丽的地方！有善良的好迪迪相伴，日子一定过得非常有趣。

有人向我介绍"乔丹夫人式"的小书，我读后大受启发。比如其中"道德"方面给我很大震动。明天我要问她再借几本。有一幕戏剧——《变质》（我觉得是布里厄写的）写得很不错。

亲爱的妈妈，我说完了，就此停笔，诚挚地吻您！希望您如往常一般，每天都给我写信！

敬爱您的儿子
安托万

第十五封

巴黎，波休耶学校，1918年

慈爱的妈妈：

我活了下来……

我给您寄过一封更为详细的平安信，但是由于信件审查，导致那封信无法寄出巴黎。而报纸上没有报道全部内容……

德国人虽然竭尽全力浴血奋战，但结果却出乎意料：相比之下，法军士气大振，夺得胜利。

原本赞成和谈、反对战争的保守派也因而一改从前的立场。大炮声、机关枪声、炸弹轰炸声令人兴奋不已。原本充斥于普通民众之间的萎靡不振之气，也随之烟消云散。倘若德军再犯巴黎，爱国人士必定会义愤填膺，群起而攻之。

倘若我在信中提及"损失"和"死亡"等字眼，那么信会被扣留。

德·丰斯科隆布外叔姥姥[①]身体还挺健朗，昨天我就是与他们一家一块儿吃饭的。让我喜出望外的是，我在那儿见到了维

[①] 德·丰斯科隆布男爵夫人是安托万的外叔姥姥，常在圣·多米尼克街接待他。

鲁特一家人。

战事并未殃及亲友,万幸万幸。

报纸上报道德军派出了60架飞机,对此我是坚信不疑的,因为我目睹了这场激烈的战斗,并且亲耳听到了,当时飞机狂轰滥炸,一片轰鸣。我感到心潮澎湃,忍不住期盼五六架飞机坠毁在我眼前,燃烧殆尽……

不知您是否读过德国各大公报:"……我军在巴黎市区投放了14000千克炸药。"如此大言不惭,生怕他们的脚步不够响亮。真想也踏上他们的领土,如法炮制一番。

我无法告诉您炮弹轰炸的地点和街名,以及三颗炸弹是否落在圣·米歇尔街上,因信件审查得厉害,所以我就此停笔,亲爱的妈妈,衷心与您吻别。

请留心:我去了阿斯奈的雅克[①]舅舅、舅妈家,可他们却都不在家中。

致礼

敬爱您的儿子

安托万

注意:下封信请回复是否收到本信。

我看信件的审查都是无拆封的暗箱作业:邮寄时间变长,真不知您何时才能收到信?

[①] 雅克·丰斯科隆布是圣埃克絮佩里夫人最年幼的弟弟。

为躲避空袭，这次我们就待在地下一层。但学校行政单位被眼前的惨状吓破了胆，再来一次的话，不让我们冲进地窖他们是不会叫停的。真是一群贪生怕死的胆小鼠辈。

我竟没有迪迪的照片！照片想必已经新鲜出炉了，罗斯舅妈都已经收到了！快给我寄一张，让我开心一下！

先装盒再连盒一起寄。舅妈收到的那张照片满是细纹，都皱了。今晚就寄，马上就寄！

第十六封

巴黎，波休耶学校，1918年

慈爱的妈妈：

感谢您的来信。

放假我们会去圣莫里斯庄园①吗？老实说，为了替您节省开支，我打心底里乐意去，但那儿还不如昂贝希自在。难道您打算让我独自前去？

真希望路易·德·彭维②假期也能一起来，但是他家人是绝对不会答应他去里昂的，因为每次他都要在路上浪费一整天的工夫！（唉，依然是老样子。）

说到底区别不大：我到时也要学数学，做物理和化学实验。其实骑自行车我也很喜欢，只可惜我的自行车被勒杜神甫骑坏了，您能把它带去米肖那儿修理吗？

---

① 圣莫里斯·德·雷蒙斯城堡位于安省附近的昂贝略昂比热，安托万童年的假期全都在此度过。城堡是安托万母亲从姑妈（出生于莱特朗热的特里科伯爵夫人）那儿获得的遗产。
② 路易·德·彭维（1900年—1927年）是波休耶学校的学生，也是安托万的密友，炮兵部队杰出的军官，在摩洛哥去世。

到时候我们就能骑着自行车到处走走看看，欣赏风景，感觉一定棒极了。

迪迪也在吗？真希望这次能看到她！我的瑞士之旅是不是泡汤了？其实我觉得都行，一切听您安排。只有一件事，就是请您务必在这星期内寄出您的打算，否则我就订不着票了。

我们的数学考试分了两门：

一是代数。

二是几何。

代数我做了14分；几何没做（不在高中会考范围内），0分。帕杰先生给我分析了一下，说尽管我的总分和平均分很是平平，但代数只扣了6分，在40人的班里大可以名列前五或前六。这份还不错的成绩单足够让我信心倍增了。

哥达轰炸机又过来轰炸了，一栋七层的高楼都被炸平了，残垣断壁满街都是。还会有其他的轰炸机光顾。

我必须停笔了，衷心与您吻别。

致礼

敬爱您的儿子
安托万

就在刚刚又有一群哥达轰炸机呼啸而过。我们的国家怎么了！简直让人没法入睡了！这次造成的混乱比前天的严重了十倍。照这样恶化下去，逃难是人们唯一的出路。卢森堡公园的波休耶学校伤亡尤其惨重。（我们周围都被炸过了）

听着：我活得好好的。

有七颗炸弹轰炸了圣日耳曼大街，三颗轰炸了圣·多米尼克大街附近的外叔姥姥家对面的战备部。

第十七封

皇后镇,拉卡纳尔中学,1918年①

慈爱的妈妈:

日子过得不错,您的信昨天就到了。

波休耶学校给我们安排了一个学监,虽然他极其惹人厌,但是我们还是过得挺好的。

这里有座公园,却不开放。好在学校还有个宽敞的庭院,绿树成荫,可供休息。

科罗先生②待人极好,超乎您的想象。我觉得我一定能考上的,您觉得呢?

星期六晚上我会去乔丹夫人家里做客,她热情地邀请我留宿一晚,想必那一晚会是温馨又贴心的。(我的字写得太乱了,因为写得太匆忙了)

这里远不及巴黎热闹繁华,身处这宽敞的学校,我们常常感

---

① 波休耶学校最高年级的学生都被疏散到皇后镇上的拉卡纳尔中学去了。搬迁的原因之一是他们习惯上屋顶看轰炸。
② 教授海事预备课的数学老师。

到无所适从，但是我还可以忍受。

申请到一间宿舍并不难。请您一定要在回信中写明："我同意你申请一间宿舍。"在必要的时候，您的信极有可能会派上大用场。学校的房间不多，到了申请那天，拿着您的信，我就可以抢占先机，一举申请成功。要知道还有几天就是申请日了。天气灰蒙蒙、阴沉沉的，稍微有点冷。不过转念一想，其实保暖过冬的衣服我都准备好了。可能还缺一条领带吧，不过星期天会去买。

您最近可好？希望医疗队的工作没有让您太过劳累。如有近照，请寄给我；如有放大照，就再好不过了。我去见谢弗[1]时，他拿出一张照片给我看，一切都好，美中不足的是非常黑，还好会越洗越亮。星期六我会再去找他。

我真是发自内心地喜欢罗斯舅妈，尤其是她那贵族的底蕴和温文尔雅的气质，不过还是最喜欢她家的点心。周日吃的那些精致美味的小点心，毫不夸张地说，绝对添加了一星期的牛油还有余！

您可要知道：儿子我现在吃得好睡得好表现也好。

安托万

---

[1] 谢弗在佛兰索瓦·德·圣埃克絮佩里病逝前为他拍摄了一组系列照片，底片给了安托万。

第十八封

拉卡纳，1918年6月

慈爱的妈妈：

见信祝好，时刻盼望着您的来信。您能想象得到我有多想您吗？您可不可以来看我？

明天是周日，我打算出门，不待在学校（20个学生中只有4个人能离校）。这个星期学校给的留校处分高达208小时！

晚上的天色还算清朗，必定可见哥达机、掩护机和卡维机。如果您在这儿就好了，就能亲耳听一次弹幕射击的声音：就好像在飓风中，海上的风暴一样，真是让人热血沸腾。但千万别在外面逗留，因为到处都是跌落的弹片，很容易砸伤您的。我们在公园就找到了一些。

至于莫诺特，星期五晚上您就要将她送出门。这样她星期六就可以到。星期六下午我就去乔丹夫人家见她，然后再一起共进晚餐，饭后去剧院看戏。第二天就是星期天，一大早我们就会赶往勒芒。

星期六晚上莫诺特一定有落脚的地方，我会和罗斯舅妈商量。希望您越快回复我越好，这样我就有法子订到剧院里不太贵的位置。因此您能否给我寄封信（洛尔姑妈邀请我去勒芒），里面这样写："同意你到勒芒参加堂姐的婚礼，希望你能在勒芒帮忙照顾妹妹，恳请科罗先生准假。"

这几天大家似乎都忧心忡忡的，报纸上铺天盖地的都是德国佬会攻陷巴黎的消息。要是他们来了，我就用腿跑步逃命（搭火车可不管用），想来这种情况应该也不会发生。

大家在拉卡纳的生活还不太糟。我们现在有……

（信尾散佚）

第十九封

贝桑松，1918年

慈爱的妈妈：

刚刚发生了一件令人悲伤的事情：维达拉将军退休了。尽管他已经超过退休年龄很久了，但是我还是感到伤心。其实这一切迟早会发生，可当它真的来临的时候，大家心里还是会情不自禁地涌出遗憾。

维达拉夫人，还有大家都对我说，希望您能在他们离开之前来此探望，他们9月15日将会离开贝桑松。他们会为此感到非常开心。

感谢您的来信，您给我寄了急需的证件吗？真的很急！快寄给我，谢谢，这事情刻不容缓。

我刚刚收到一封科罗寄来的信，他在信里面一直鼓励我，非常体贴，我很喜欢他。

但是让我感到困惑的是，他要求我一定要在最近几天入编。如果不行的话，就要再等海军部长的回复了。不过，如果一定要等的话，我觉得在10月15日之前都是可以的。10月15日也可能是上诉日期。

您9月能来看我，这让我很高兴。

现在，我在学德语，同时我也在学数学。其他的时间，我都在和雕刻师格诺德学艺术。您来这儿的话应该见见他。我们可以一起作诗，但是我要先告诉您，我的空闲时间不是很多。

星期天，我和维达拉夫人，还有一个我不认识的人，我们三个人一起去远足。您叫我跟您说一些关于我生活方面的细节，但是我的生活就是工作，没什么新东西……

我要去学习代数了，就此停笔。衷心地吻您。

敬爱您的儿子
安托万

第二十封

贝桑松，1918年

慈爱的妈妈：

明天我将迎来极其重要的一天——在参加完体检之后，10月15日，我就要参军入伍，加入炮兵部队了。那我也将成为高等学校候选生。

我会恳求部队队长准许我回波休耶学校完成学业，但是他未必会同意。其实我希望自己能被海军录取，如果没有就申请加入轻装兵。因为将军说过，轻装兵部队很好进，而且更棒的是，我能进入自己梦寐以求的部队。我碰到不少同学，他们都说若是没有考上海军，就转投轻装兵，而且我们都想进同一个部队。如果军方批准，我也想加入空军部队。所以，要么等到10月15日，要么10月20日，我就正式成为一名军人了。

我的德语进步很大，但是因为我没有语言天赋，所以还有许多地方需要努力提高。不过现在我很有信心，不会再担心考试不及格了，光是做到这样，我对自己已经很满意了。

至于物理光学部分的知识，我了如指掌，只是"磁场"部分的知识还有待巩固。对未来我们真的还有点茫然，不知道形势会如何变化……

祝您健康！别太操劳！

米玛最近怎么样，有没有好一些？

衷心与您吻别。

敬爱您的儿子
安托万

在医院体检的时候，医生把我们从头到脚仔细检查了一番。我们一次有30个人，大家都裸体站在检查人员面前，而他们则坐在台上。当然，您不用担心，我的身体十分健康，他们都夸我身体不错呢。

第二十一封

贝桑松，1918年

慈爱的妈妈：

您有没有帮我准备文件？我正着急要呢。

您最近过得好吗？希望您健康，如果最近有空的话，能搭火车来贝桑松看看我就好了。

我的德语最近越来越好了。而且今天我就开始收拾行李了，另外我还写了几行诗。

因为我是在膝头上随性写的，所以字迹可能有些潦草，再说，这个姿势本来就容易歪歪扭扭。

莫诺特给我来信了，在信中她跟我说了贵族和善良骑士拉波塞特之间爱情故事的结局。他究竟是个什么样的人？真叫人摸不着头脑……

彭维也给我写了信，他说原本他想加入海军，但是没有被录取。如果我也没被录取，我们便会想方设法进同一部队。说实在的，我压根儿就没想留在第五炮兵部队，但假如彭维在的话，我就会改变主意，不过我还是不太喜欢炮兵部队。我也有可能会考上那儿，那就……准备前往布列斯特（四分之一的机会)……

我一直觉得维达拉一家人非常和善。周末我去他们家吃饭，维达拉夫人带着香甜的点心，带着我，和一位我没见过的夫人在周围闲逛。

圣莫里斯最近出了什么新鲜事儿吗？小斑鸠还是常常咕噜咕噜叫吗？它身上的羽毛是不是还是那么高贵，我觉得它一点儿也不比神话里的欧尔非差（不过它咕噜咕噜的歌声让人郁闷，假如路灯听到了都会散发伤心的蓝光，和巴黎的路灯一样）。

我竟能想到这些，您瞧，我多有思想呀。

衷心与您吻别。

敬爱您的儿子
安托万

第二十二封

巴黎，1919年6月30日

慈爱的妈妈：

我一回到巴黎，您的来信就到了。我用电报回复了您的好好先生。真希望能够有机会再见您一面，再和您好好待一会儿。得知您生病了，我真的很担心，病好些了吗？烧退了吗？

要是我俩能一起去山上散散心，那么一定好得很（就像要是去瑞士的话，大家肯定都会问："要爬哪一座山玩？"爬阿尔卑斯山，还是爬勃朗峰？）。您甚至可以在山上画速写、画水彩画。我们还可以在山上编排戏剧，可以做很多事情。您一定要尽快康复才行！

如果您比我先到山上，那就写信告诉我您的位置，我好与您会合。

昨天在大木偶剧场上演了一出有当地特色的死亡剧，我和路易·德·彭维赶上了。结局照旧有人自杀身亡（演技着实精湛）。

对了，您不是说要给我一封莫诺特的信吗，可是您忘记放进信封了……

您遇到过吉约姆舅舅吗？听说他好像也在圣莫里斯。

这几天天气转凉了,我真怀念热情似火的夏天。我也想知道您最近过得好吗?您还总是感到冷吗?芒东家二女儿寄给我一封信,足足有四页,还寄了照片、图画等,并且祝我生日快乐(昨天是我19岁的生日)。是啊,说来真好笑,我的19岁生日居然是停战的第一天。

我就写到这儿吧!长吻您!

敬爱您的儿子
安托万

第二十三封

巴黎，1919年

慈爱的妈妈：

这一阵子大家都很奇怪，不认识的人也互相写信。但是唯独我，两个星期了也没有人给我写过信。

最近我过得很好，心情也愉快，只是功课有点多。现在我差不多每天都会去丘吉尔姑妈家，跟她在一起我好开心。上星期四，我在乔丹家吃的饭；明天又是星期四，我要去彭维家吃饭，他家在阿斯涅。下星期天，我还要去维达拉家，不久前我才去了他家一次。我写了几首诗，其中一首还挺长，大家都觉得不错，还有另外的一两首十四行诗也还行，因为我还要忙其他事，所以没时间去买纸，现在还在用您以前给我的吸墨水纸写诗。

我的小提琴拉得越来越好啦，最近开始接触肖邦的《夜曲》了。其中有一首曲子挺难拉的，但是我学会了，而且拉得挺像样。这是一首很棒的曲子：《第十三号曲》。

但愿姨妈能早一点好起来：今晚本来可以收到您寄来的信，但是有一个淘气鬼弄恶作剧，竟然害得我错过了您的来信。也许您已经动身去南部了吧?

总之,明天是去彭维家聚餐的日子。他们对人特别友好和善,而且他们还带我看戏。他们还没告诉我会带我去哪一家戏院,但我好想去"拉贝莲娜"。

莫诺特最近忙什么呢?只有别人的消息,竟然没有她的消息。老实说,她应该也不太清楚我的近况,我哪有时间给她写信啊,总不能一边睡觉还一边写吧。

您还记得您给我的《波德莱尔小集》吗?它现在已经变成我最好的朋友。我自己的那本旧书已经被我翻得破烂不堪了,但是它也曾陪伴过我很长一段时间,我闭着眼睛也可以翻到我想看的那一页。这是因为我已经熟练,自然生巧。布隆尼森林里下大雨的时候,只要有它陪伴,即使我蜷成一团也同样可以思考很久。不过,自从收到您给我的小集之后,我渐渐把我曾经的好伙伴给忘了,因为它正如一只满载着名贵珠宝的首饰盒,里头的每一颗珠宝都闪耀着波德莱尔思想的异彩奇辉……多么有文采的一句话!我说得会不会有点做作呀?

最近,我挺开心的。第一,我没有烦心事。第二,我很勤奋努力。第三,无论何时何地,我都可以找到能让我高兴的东西,今天也是这样。来一曲肖邦,诵一行沙曼,翻一页弗拉马希翁,拾一颗和平大道上的钻石,并且……在忧郁过后,沙曼的一句诗闯进我的脑海:

我发现你像一个新世界,是那样青春、贞洁。

即使是数学课，我也能找到乐趣，因为我能从中发现艺术的灵感。我会给您看一本分析辅导册，它里面篇章的巧妙安排，标题的前后呼应，图形的动感，甚至会让我觉得它是一本装饰着奇异图案的艺文书。就拿两极环索线来说，它原来只不过是一条可怜的四次方曲线，但您不觉得它凸起的部分就是一个绝美的装饰图案吗？

我的小诗册很得大家的欢心。大家很是赞赏我的风格。我也说过大家都很喜欢《美的朝圣者》这首诗，下星期天等我去维达拉家的时候，我要念给他们听。

生活有时也很迷人。我也有一些热情的朋友，我也对他们报以热情。他们个个都才华横溢，那些萨布朗式的奇异想法每次都让我忍不住惊叹。有一次我们谈到一个无聊的话题是关于虱子的，说到如何摆脱这东西时，"很简单，假如我们中有人愿意穿上老学究的严衣正装，剪一个楼梯状的发型，身上的毛发也一样，等虱子上来了，再把扶手拿走，他们马上就会从楼梯上滚蛋，直达地板。"真可爱！虽然一点也没有希腊式的文气，却很迷人。

碧许近况如何？以前在里昂的时候，我总是在抱怨，事实上每回与她出去都让我倍觉脸上有光……身披大衣，韵味十足……她的长相十分美艳……总之一句话，她实实在在是一位再称职不过的女伴。请您转达我的问候。

我决心提高自己的小提琴水平，每天都要练习半小时。假如我降伏了琴弦与琴弓，我就要展现我自己的作品。也许有些奇异，还混进了一点哀戚与阴森，但很对我的胃口。我还不敢在众人面前展示我的琴技，恐怕听众很难不昏过去，要知道现在是昏睡性脑炎引领着最新潮流，我可不想害了大家。当然，引起这场意外的原因是音乐感天动地还是惊骇恐怖，我还分辨不出来。

我给萨布朗写了一封走摩洛哥航线的航空邮件……如果您傍晚去邮局寄信，第二天信就飞到哈巴了！

别了，我的好妈妈（如果我的字吓到您了，请见谅），这次的信是有史以来我写得最仓促的……

送给您最悠长的吻，就如我对您的爱一样。

敬爱您的儿子
安托万

第二十四封

巴黎，1919年至1920年

慈爱的妈妈：

我是在乔丹夫人家给您写这封信的。今晚我受邀去莱特朗热家吃饭。星期天中午我还要去参加波休耶学校的校友会。

您过得快乐吗？我亲爱的妈妈。您下次写信的时候能不能跟我说说莫诺特？这个小可怜过得好不好？

我挺努力的，数学成绩还不赖：最近三次的考试成绩分别是12分、14分和14分。

最近我又跟朋友去了一次独立公园，发现那里的东西大部分都很差。尤其令人不想再看一眼的是那些现代裸体画。那些画一点儿技巧、一点儿线条也没有，根本不是画，说是一大块肉还比较贴切。

《真的朝圣者》是我的新诗，很受大家的欢迎。我还想让更多懂诗的人来欣赏它。我老是不能按时交出答应给别人的誊写版，是因为我连一分钟誊诗的时间都挤不出来……只能等到放假的时候再誊写了。最近写诗的水平飞速提升，这让我很有成就感。

沙曼在《金马车》中的表现真是太棒了，我越发崇拜他，就快变成他的忠实门徒了。我觉得他是独一无二的，不属于任何派别。

上个星期天，我去于贝尔舅舅家吃了饭。之后，他们便带我去看了一场非常精彩的戏——《疯傻的女郎》，这是昂希·巴塔耶的一部悲剧。昂希·巴塔耶有着无与伦比的戏剧天赋，还有贝纳史登。与其他的文学体裁相比，戏剧能传达更强烈的情感。对创作者则要求他们有普通平实的创意和编排。我对戏剧还是挺感兴趣的，将来肯定会试着写写剧本。

不记得在哪本杂志上看到这么一句话："其实我不觉得康德或布特鲁为戏剧创作带来了什么创新。"在我看来，贝纳史登和巴塔耶对戏剧创作所做的贡献远大于康德和布特鲁，他们将戏剧的意念以"情境"或"意境"的方式在观众面前表达出来。贝纳史登的《秘密》说道："其实人们无法相互了解，即使是双方相爱的时候，人总归是自私的。"巴塔耶的《疯傻的女郎》说道："生命中总有人们无法解释的处境，它们打碎了人们对生活的固定想法。"

我想发表关于天才与荒唐之间一墙之隔的思考。但是我发现这是一件困难的事情，特别像是在玩弄文字，尤其是要讲到"疯狂"这个词的时候。

如果说荒唐指的是理智的完全匮乏，以及在表达自己内心想法时的乏力，那么这便与天才相距甚远。因为天才可以让一部戏剧前后连贯，表达一个完整的内容。当天才的一个想法和另一个想法差别比较大，而这个时候习惯用直觉思考的天才又还没想到如何连接它们，戏剧的内容就会显得前后不一，看起来有点荒唐。这时候，荒唐倒不再是一连串的辩驳，而是另一层次的思想，应该用另一个字眼来表述。现在我还不能清楚地跟您表达我的理论，因为我自己也还没厘清头绪。

我本来想跟您说些趣闻逸事，可是最近实在无趣，想了半天也没想出来。

我刚刚朗诵完昂希·海涅的一首十四行诗，真是优美恬淡。诗歌里面讲的是一年的12个月。前面的11个月已经过去了，这段时间只有忧伤和欺骗，可是12月来临时：

在我的夜晚里，你会给我带来什么？
他们，他们只会说善意的谎言，那只能给人带来短暂的希望，长久过后还是幻影。
而你！我今天仿佛看到冉冉升起的幸福之星！
从你眼底逐渐冒出！

我和路易是常见面的。近几天我要去看看萨布朗。可惜马克①不在那儿了，他去了摩洛哥，曾经他可是我的好朋友。

巴黎您会来吧！我知道您要操心的事情很多，毕竟生活真的不容易。我过得很好，而且心情也很不错，至少您可以不用担

---

① 马克·萨布朗是圣埃克絮佩里的里昂籍朋友，波斯维特的同学。

心我。再说我也很认真努力。

慈爱的妈妈，就写到这儿吧。长吻您，如我的爱。替我亲亲可怜的西蒙娜。

敬爱您的儿子

安托万

我星期二晚上要出门，因此您是否今天就把电汇支票给我呢？

鞋子——橡胶制品——零花钱。

第二十五封

巴黎，1919年

亲爱的莫诺特：

感谢你之前一两个月的来信，每次收到你的信我都是第一时间回信的。但是我不太记得你的问题，也不太记得今天要干什么。

我的成绩现在来说还是一般，而且这次的考试我准备得并不充分，天知道机械图、结构图、三维图等化学流程图该怎么画！（化学流程图非常难画）

我不会再做那个该死的化学流程图了，也不会去向纳瓦拉推销自己。总之一句话，一切还是听天由命吧。

星期四，我和伊冯娜·德·莱特朗热[1]一起散了个步，但我们竟走了差不多30千米。在我认识的人当中，伊冯娜是最富有魅力的人，她最单纯，最聪明，最睿智。她身上几乎集合了所有你能想到的优点，更难得的是她还非常有亲和力。我们也一

---

[1] 伊冯娜·德·莱特朗热（莱特朗热公爵夫人）是安托万的妈妈的嫡亲姐妹，安托万经常去她在玛莱码头的家里，并认识了文学界的大人物和出版《南方邮件》的重要人物，其中包括了纪德。

起进行过许多次远足。她每个星期五晚上都会带我去她的剧院看戏,所以数学班我都没怎么上过……我还有两次是住在纳瓦拉家中:吃早餐、学音乐、作诗,还有去剧院看戏。他们全家都盛情款待我,待我极好,再平易近人不过了。我在这儿待了15天了,时间过得那么快,我都还没回过神来。但是,我会为你照顾好自己的,让娜不在这儿我也能做到。我想吉娜应该是这个家里最幼小的女儿了。她真单纯(玛德琳将不会再住在这儿了),跟她待久了,我怕我会动摇,因为我本来就心软。

我已经有一颗心了,一颗软弱的心,等等。

——马塞

现在我对这种会降低我品位的一时的兴趣爱好已经不抱什么希望了,因为这和我一贯的作风不相符。

而且,我不喜欢体形太过肥胖的女人,尤其她的笑容也不得我的喜欢。总而言之,虽然她给我留下的第一印象还算深刻,但还是让我感到有一点不舒服。不过我反过来一想,她除了这特别的一点之外,其他方面都很不错。比如说,她特别和蔼可亲,平易近人,谁都乐意和她是同学。但是在这个大家庭里,我还是喜欢维达拉夫人这样的人多一点,聪明睿智又心胸豁达,还有很多为人妻子所应该具有的了不起的优秀品质。

我在乔丹家上了舞蹈课。他家是新教徒财阀,背景非常深厚。可不知为什么,年轻貌美的姑娘在那里绝迹了,不管是外貌还是素质都比不上里昂的姑娘们（顺便插句题外话，你帮我跟她们问声好，我现在回味起她们的好了）。据我观察，这里没有显赫的家族，只有几个中上阶层家族。不像英格兰，遍地都是有钱人……

就舞者来说，大部分地区的舞者挺时髦的，除了波士顿的舞者，他们看起来很清瘦，显得不那么时髦。就算是探戈舞者也是相当时髦了。偷偷告诉你，那个跳起舞来就像两只凳子扭在一起的丢脸家伙，就是我。

等我成为工程师和作家，我就能赚很多钱，到时候我就一口气买三辆车，我们可以一起美美地去君士坦丁堡自驾游。怀揣着这个美好的梦想，我就写到这儿吧，记得写信给我。

你的好兄弟

安托万

第二十六封

巴黎，1919年

慈爱的妈妈：

能够收到您的来信，我感到太开心了，非常谢谢您。我用的是新钢笔，因为我还用不惯这支新笔——旧的那支已经被我写坏了，所以字迹很潦草，您看起来一定很累吧？还希望您能原谅。

我过得还好，就是有点疲惫，所以我之后会回勒芒休息八天。

大概两周之后，我们就会迎来中央高等工艺制造学校的口试。对这个考试我不抱什么希望，因为大家都会去，出于好奇我也跟着一起去。我的笔试成绩平均是2分。

路易的成绩排在我之前，接下来该为口试做准备，但他觉得考试没有意义主动放弃了。

我是个做事有始有终的人，但是我也有自知之明，知道这次考试希望渺茫，所以我就不做无谓的坚持了。

在伊冯娜这儿我给您写了封信。今晚我先在她这儿借住一晚，等到明天再动身去勒芒。我经常能遇见冯维家里的人，还有"好好先生"路易。

昨天，我看见歌剧院大道上有大游行。我数了一下，一共有45辆车，45辆啊！我们想过马路都过不去！而且这些汽车排列得非常整齐，像一条绳子一样，绵延一千米长。任何其他的车子都插不进来，真是分外奇妙。

现在，我经常和多莉·德·芒东通信，我发现她们一家人都很有趣。

一想到让娜，我就会想到迪迪经常唱的那首歌："人家说你，就要举行婚礼……"迪迪一边唱一边流眼泪，恨不得能马上用最锋利的吉列刮胡刀自我了断，一了百了……那怎么可以……我要振作，我可以承受剜心之痛……

这倒提醒了我，我已经答应为她的婚礼写诗，可是我现在还没开始写。还是等我回到勒芒的时候再给她写吧。

今天的天气可以用"天清气朗"来形容，就是天的蓝色，与云的白色，太过纯粹。这般天空给人一种古旧的感觉，好像19世纪的版画，您应该明白我的意思。

今天真是上等的天气。要不是去牙医那花了个把小时，我就可以享受到一个美妙至极的下午了。

不过唯一可以安慰我的是我吃了两个冰激凌，在两家不同的糕饼店。因此在我看来，冰激凌和（歌里唱的）骆驼是造物者最好的两项得意之作。

莱特朗热家表兄很赞赏我自己写的诗，他听得仔细，而且还提了一些非常独到的好意见。我才知道，他是那么的卓尔不凡。

我觉得喉咙隐隐作痛，但愿高烧离我远远的，不然真得要命。这就是两个冰激凌的惩罚。

但愿这封倾注我满腔关爱的长信，可以给缠绵病榻的您带去一丝欢乐。想起自己生病的时候，都很盼望能收到喜欢的人的来信。现在，您生病了，我感到十分郁闷……

特别想让您开心地笑一笑，不过，最近一连几天我都没有发现有趣的事儿。

我刚刚看了一下周围，才发现这房间里竟然堆满了拿破仑的雕像，并且姿态各异。更令人惊奇的是，这房间里的每一个柜子，无论大小，至少都摆了50件这样的小东西。

我坐在瓷像的对面，它正在用傲慢的眼神凝视着我。这件瓷器实在胖得不像是伟人纪念雕像。伟人的内心都澎湃着激情。在这尊瓷像的右边是一个拿破仑的骑马像，拿破仑坐在上仰的马上昂首挺胸，摆出一副要把酒喝尽的豪饮姿态。但据我所知，在历史上拿破仑是不喝酒的。因此，这尊雕像所呈现的是违背史实的，这让我大为震惊。

左边还有一座瘦雕像，面带嘲弄表情，仿佛要来扯我耳朵捉弄我。看了那么多个拿破仑的雕像，我今天晚上肯定会昏头的。看看我今晚睡觉会不会梦到拿破仑，如果没梦到，那只能说明我的内心足够强大。

今晚的伊冯娜显得格外雅致，她还为我演奏了一曲，那是我喜爱的音乐天才肖邦的曲子。然后我给她读了几首诗，这个好像我跟您说过了。

我期盼着有一天能读到您写的战争回忆录！妈妈快开始动笔吧！其实您的油画画得那么好，为什么不勤加练习？多画些画儿给我看，这样我也不至于每次都要面对您来信中那么多的文字了，文字对我来说简直比数学还要神秘难懂。

莫诺特还在圣莫里斯吧，她有没有吃得膘肥体壮？可怜的迪迪待在家里该有多幸福，因为她又可以和那些鸡啊、狗啊、兔子啊、火鸡啊在一起玩了。莫诺特也可以在家接待她的意大利朋友。

意大利人的仪态气质真是其他国家的人比不上的，但我觉得他们没什么创造力，一直是靠祖先遗留下来的财富在活着。无论是艺术还是科学方面，都没有展现出创新的魔力。

刚瞥见我那淡粉红色的床罩，马上联想起点心店的糕点，忍不住直吞口水。我非常中意这套浅粉红色的床罩。

第四座拿破仑像正笑眯眯地望着我。

……

我的话都说完了，今天就写到这里吧。而且五分钟以前，我就已经词穷了。长吻您，如我的爱。

敬爱您的儿子
安托万

第二十七封

斯特拉斯堡，1921年[①]

慈爱的妈妈：

昨天，我去邮局拿您的信了。我现在还不确定是不是每天都可以出军营，所以您还是把信寄到军营里来吧，等我确定之后，您就可以把信寄到市区了。

斯特拉斯堡是个堪称卓越的城市。因为它把大城市的特质彰显得淋漓尽致，而且城市面积比里昂的还大。我相中一间很不错的房间，在斯特拉斯堡市内最繁华的街上。公寓里有电梯，过道里还有公用电话和浴室。

房间里的设施和条件很好，有中央暖气、热水、两盏电灯、两个柜子，最意外的是一个月租金竟然才120法郎。房东一家人对我很热情，不过很可惜他们不会说法语。

我遇见德·斐理贡德少校了，他人一点儿也不傲慢，我的飞

[①] 安托万参加海军比赛失败之后，在1920年到1921年准备进入美术学校（修建筑学）学习；1921年4月2日，安托万得偿所愿，成为斯特拉斯堡第二军团的空军地勤人员。安托万致力于成为一名飞行员。

行事务就是由他来处理的。因为文件要经过层层审核，所以有一段漫长的等待期，至少得有两个月，很不好过。

今早，一位胖胖的士兵领着我们到军需仓库领盘子，试鞋子。

我见到克耶了。等我再过一两个星期习惯了以后，我就问他借一些关于建筑师的材料……

我们的指挥中心气氛很活跃。斯巴德战斗机和尼厄勃战机在空中表演特技，那叫一个精彩。我们的指挥中心在斯特拉斯堡郊区。从市区到郊区要很长时间，如果想把这个时间节约下来念书的话，买辆摩托车是很有必要的，并且买了摩托车我还可以见识一下阿尔萨斯。

如果我坐火车的话，路上会经过米卢斯、阿尔特基克和科尔马，还能够看到哈曼斯维莱霍夫国家纪念园（老艾美达），它可是第一次世界大战的战场。狭促的山头上，埋葬着为战争牺牲的64000名战士。

德·斐理贡德少校曾经跟我说过，斯特拉斯堡的特色是歌剧，据说这里的歌剧表演值得一观。

现在我在军队一直无所事事，至少在空军的生活一直很无趣。我们在这儿做得最多的就是学习敬礼，练习踢足球，或者好几个小时游手好闲，或者一直叼着一根香烟打发时间。

不过军中的同伴还算友好。除了和他们闲聊以外，我还会习惯性地放些书在口袋里，可以用书填补空闲的时间。我真希望能赶快开始飞机课程，这样一来，我就有事可做，不会那么无聊了。

真不晓得部队什么时候才会发放军服。不过我们也习惯了，每天这样穿着便衣四处晃荡，看起来像无所事事的流氓蠢蛋。从现在到两点都没有安排我们的行程。就算到了两点我们也没事可做，不过是把A位调到B位，再把B位调到A位，然后互相对调着，再回一次原位。

再见了，挚爱的妈妈，不管怎样，我的心情还是不错的。长吻您，如我的爱。

敬爱您的儿子
安托万

第二十八封

斯特拉斯堡，1921年5月

慈爱的妈妈：

在等待当飞行学员这段时间，我要先从事教师这一职业，或许这让您难以想象。5月26日开始，我就是个老师了，我负责带一班，教两门理论课：内燃机与空气动力学。我想班上应该会有块黑板，还会有很多学生。但我相信，在做完老师后，我肯定会成为一名飞行学员的。

目前，我们团的学员都处得不错，根本不像谣言说的那样不堪。

首先，我们除了做运动什么都不做。军队就是足球学校。有时候，我们像在中学时那样，玩些简单的游戏，比如躲避球、跳马之类的。唯一的区别是，这些活动是强制性的，要是玩砸了，就会被关禁闭。晚上只能睡在湿稻草上……对了，这也跟中学时很像："某某某，罚抄，抄100遍；集合，站队长左边。"

今天晚上我们要打疫苗，今晚是惊人的疫苗之夜。

我的室友人都不错，他们对我也非常好，所以大家经常在一起大玩枕头战。我挨的枕头好像比丢的要少多啦。

下一次再跟您说说我当老师的逸事吧！我现在想起来都一直忍不住发笑！您瞧瞧，我现在都能当老师了！

我和同伴们一起在食堂随意解决了午餐和晚餐，同伴里有一两个特别有趣。晚上6点那会儿，我离开了一下部队，回到了市区我租的房子，在里面泡了个澡，沏了壶茶。

想到课程的准备阶段，肯定要买不少很贵的书。您能不能一收到信，就寄些钱给我？

另外，能不能请您每个月寄500法郎给我？我每个月开销就要这么多。

您认识我们队长德·比利吗？如果您认识他，能不能跟他打个招呼，多关照一下我。

您还在巴黎吗？您可以穿过美丽的斯特拉斯堡回家。如果不行，就等以后吧，等我当了老师。那时，我就常常有各种假期了……

今天就写到这里吧。

长吻您，如我的爱。

敬爱您的儿子
安托万

还是照老样子把钱寄到军营吧。（可以发到市区或者军营）
下莱茵斯特拉斯堡中心区SOA空军二团

第二十九封

斯特拉斯堡，1921年

亲爱的迪迪：

能收到你的来信我特别高兴。尤其令我高兴的是，从你的来信中，得知你的宝贝小狗过得还不错，我想我今晚会梦到它的。

今后给我的信寄到迈尔先生家：

斯特拉斯堡（莱茵河下游）11月22号大街第12号。

现在是早晨6点半，在早晨这个时间你会经常写信吗？我们每天的作息是：早上6点起床，自由活动到7点，7点到11点做功课；然后是吃午饭，吃完午饭可以自由活动到下午1点半，1点半到5点是功课时间；下午5点到晚上9点是自由活动时间。

每天功课霸占了我们很多时间，现在正是阳光明媚的时候，我们可怜得都没有时间上体育课或者运动课。尽管如此，每天也有很好笑的事情，我们经常会听到这样的叫喊声："知道做这个功课的人，出去排队！快点……快去！喂，小屁孩……两天禁止出营。"

五分钟过后，"会唱歌的人，出去排队……很好，你会唱

《马德》吗？在同学面前唱一下……再大点儿声，某某和某某……你们两天禁止出营，你们不能再唱大点儿声吗？——很好，现在，我们要开始上课了，等到我数到四的时候，大家一起唱。某某与某某做得很好。你们难道不要出声吗？"

"向右，右！向左，左！向前，走！一！二！一！二！大家都唱出来。一！二！三！四！……"《马德》这首歌开始有200种不同的调，因为现在大家都不在调上。

……

我们这样爬行了整整四个小时，而其他人都在嬉戏玩耍……相反，再也没有比让我们上公立中学还讨人厌的事了。

该死！警报器响了……再见！下面在集合……

亲亲你
安托万
请翻阅

警报器嘶吼了一个小时才停，2000名士兵赶过来集合，大家都陷入一片恐慌，不知道是怎么回事。后来才知道是一块破抹布在马蹄铁匠的屋棚里燃烧起来了。在这2000名士兵当中，有两名士兵往抹布上面倒水，火就这样被熄灭了。除了那两名士兵，还有我，其他士兵都散开了。

我没有像其他人一样一直处于紧张和疲惫状态，我虽然没有帮忙熄灭燃烧的抹布，但是我做了该死的功课。最近烦心事倒没有碰到很多，但是偶尔会分分心，比如有时会因在地面跌坏发出金属声的飞机分心,或者因一些大声说话的军官而分心。

顺便说一下,我们上尉是Billy(我不知道这个单词是不是这样写的)上尉。如果你认识里昂的伙伴,就问一下他们,在斯特拉斯堡第二航空大队里指挥SOA.的人是不是他们当中人的父母亲之一,并且向他们推荐一下我。今天早晨,上尉找我去谈话了,是关于我当见习飞行员的事情。我希望我能够快点儿当上见习飞行员。如果不出意外,四五个月之后,我就可以驾驶飞机,在赫曼的圣毛里求斯上空进行螺旋升降啦。

你收到这封信之后,请回信。

我在市区的宿舍很不错。每天晚上回到营房,我都会冲一个澡,在回来之前泡好一壶茶。

你可以时不时给我寄些包裹或者其他的东西,每次收到的时候我都会很高兴,还会拉近我们之间的距离。

昨天,一场暴风雨来袭,那是我很少遇到的。但是靠着精湛的飞行技术,我们的飞机依然在暴风雨中飞行。

最后一个小时。

给你描述一下我当老师的事情吧。我在一个有黑板的教室里授课,负责给很多学生讲授空气动力学和内燃机这两门课程。在这之后(一两个月之后),我一定会当上见习飞行员的。

拥抱你,正如我爱你那般。

爱你的兄弟
安托万

第三十封

斯特拉斯堡，1921年，星期六

慈爱的妈妈：

最近我的生活还是老样子，虽然日子有些痛苦，但生活里还是不乏令人愉悦的事情。我已经申请了飞行员，再过一个月左右，我就可以知道结果。

上次打疫苗的时候，把我痛死了，针孔处过了好久才恢复。

现在我待在租的宿舍里，刚刚泡完澡，小憩了一下。不过能休息的时间很短，一下就过完了，大部分时间都花在了一去一回的通勤上。

记得常给我写信，您知道吗？每次看到您的信，不管我心里有多浮躁，马上就可以平静下来！真希望每天都有圣莫里斯的来信！你们轮流给我来信吧。

上次跟您说要去巴黎旅行，最后我没去成。本来我是计划去那儿买书的，谁知道后来有人给我送过来了，这就不用去了。

您的汇票是丢了还是没寄？我至今还没收到。可是四天以前您就告诉我，上个星期就寄出去了，我就快没钱用了。

火柴用完了，酒精灯就没法用来煮茶喝了。日子过得不太顺心。军营里发布了选拔志愿者去摩洛哥的消息，申请期限是三个星期到一个月内。如果我不能成为飞行员，那么我肯定会去申请的——至少还可以跟萨布朗在一起。

虽然时间紧迫，但我还要继续准备26日的新课程。

再过十分钟，我就要起程了，按规定不能迟到……不然要被关警务室了。

我希望能够有两天圣灵降临节的假期，这样我就可以去巴黎啦。去巴黎路上的时间短，不像去圣莫里斯，一来一回要浪费至少30个小时。而且，去巴黎坐飞机只要两个半钟头。

您会去探望碧许吗？

您去巴黎好吗？

今天就写到这儿吧。长吻您，如我的爱。

敬爱您的儿子
安托万

迪迪说过的邮递包裹呢？（里面记得再加块饼）别忘了今天早上要用明信片式的邮政汇票，把支票寄到军营里。

第三十一封

斯特拉斯堡，1921年5月

慈爱的妈妈：

　　方才我有幸见到了德·比利上尉，他很有魅力。虽然警戒状态的军务繁忙，但他让我给您回信。他认为我先取得商用飞机驾照的想法不错，但我必须做些准备工作。因此，我明天打算去做体检和复检，还要去借民间公司的相关资料。我觉得一切都会顺利的，事成之后我会告诉您。

　　刚刚从一架斯巴·赫伯蒙战斗机上下来。一飞到高空我的脑子就一片空白，以前学习的和飞行有关的知识完全想不起来了，我根本控制不了我自己。俯瞰地面的时候，我越往下看，飞机就摇晃得越厉害。它飞得高的时候，突然一个垂直旋转，一下就会下降很多；但是在飞得低的时候，飞机的500马力两分钟内就把我带到1000米的高空，它连蹦带跳，摇摇欲坠，完全不受我控制……

　　明天我要跟一位领航员飞到5000米的高空，和朋友的另外一架飞机开展空战：螺旋战、筋斗战和翻转战。那时候，我肯定会把这一年吃的东西都吐出来。

我虽然不是屠杀群众的刽子手、机枪手，但还是懂得组装的。昨天，突然遭遇暴风雨，雨水打在脸上像针扎一样，那时我们的时速是280~300千米。

这段时间要准备商用飞机驾照，但我还想在本月9日开始学打机关枪。

昨天，我还检查了许多战斗机。有沿着库房一字排开的斯巴单人战斗机，机身纤细、熠熠闪光，机尾底部还有三天前才装上的小型机关枪；有形状像火流星的昂里奥机；还有机翼像皱起的眉毛一样的斯巴·赫伯蒙战斗机，样子看起来很邪恶，很残忍。我看看周围，还没有一架飞机能比得过斯巴·赫伯蒙战斗机的霸气，它可以称得上是时下的机王。我心中对它的敬畏感油然而生，这就是我一直梦寐以求想驾驶的飞机啊，哪怕只有一回。无论是它快速翻转的灵活机身，还是空中飞行的姿态，都像极了鲨鱼。最神奇的是，机翼垂直的时候，它仍能飞行。总之，我现在心情非常激动，希望明天的体检不会出任何问题，不然我会失望死的。

……

再见，慈爱的妈妈，向您吻别。

致礼

敬爱您的儿子

安托万

第三十二封

斯特拉斯堡，1921年

慈爱的妈妈：

　　昨天，我已收到您的电报，上尉已把相关手续办好了，细节也都告诉您啦！两次体检刚刚都结束了，我的身体状况很好，非常适合担任飞行员。

　　听说，军方的批准很快就会下来。您明晚能寄1500法郎给我吗？里面的1000法郎替我存到银行。别拖到星期四啦！

　　妈妈，您知道吗？事情进展得越顺利，我就越想开飞机。我一定要做到，不然肯定会伤心欲绝。

　　我设计了三种未来：

　　1.自愿服役一年或一年以上；

　　2.去摩洛哥；

　　3.取得商用飞机驾照。

　　现在只要拿到驾照，就有资格开飞机了，所以我将会三选一。

　　前两个方案不太可行，第三个方案比较切合实际。因为拿到商用飞机驾照，可以通过军用飞机驾照，就不用自愿服役了。

　　您在电报中说，您想去借贷来支付商用飞机驾照的费用，这个馊主意让我感到很局促,我不太希望这样。您是不是不愿意交?想想看,申请书已经递交了,一切也都已经安排好了,如果上尉看到您的信,那他还会同意我的申请吗!您说是吧?如果申请没通过,那么我就去服役。对于过两年昏头昏脑的生活,我无所谓,但显然是我的方案更理性。

妈妈,求您今天就把汇票寄给我,或者您明天晚上就来,见到您,我会很高兴的。时间十分紧张,我已经挥霍掉了很多时间。您别等星期五了。

我相信会很快收到您的信的。

衷心与您吻别。

致礼

敬爱您的儿子

安托万

第三十三封

斯特拉斯堡，1921年5月

慈爱的妈妈：

　　昨天因为恰好轮到我站岗，所以没能及时回您电报。我们这儿是有规定的，通常是不允许别人代发电报的，除非有特别重要的事情才可以，还必须请军邮官协助。如今军营不在斯特拉斯堡市区，再加上我们出营时经常都很晚。

　　收到您的信的时候我高兴极了。因为别人签收汇票时把我的名字写错了，所以汇票在军营辗转了一大圈，才到我的手里，但迪迪的包裹我还没有收到。

　　经过深思熟虑后，我想到一个办法，要想在这两年之内干出点儿事来，就非照这个方案做不可。每天晚上，我都只有半个小时的自由时间，这教我如何用功念书和好好规划生活？我已经签署了所有资料并交给了东部通民航公司，一切手续总算是都弄好了。从星期三开始练习的话，会持续三个星期到一个月，之后，我就会去巴黎找您。

　　我已经下定了决心，不再做飞行员旁边的机枪手，我想靠自己的能力闯出些名堂。当然，在开始阶段，至少要先学飞100次，不过无论飞多少次都是2000法郎。

您明天能寄1500法郎给我吗？我要交1000法郎的保证金和500法郎的头期款。星期二前，记得一定要把钱交给公司，以免造成不必要的麻烦。毕业后就能返还或取回保证金了。

在头三个星期内，我学开的是一架速度非常慢的法尔芒，他们在机上装了两套操纵设备，所以我不必一开始就飞有两套操纵设备的梭普机（快机），所以您一点也不用担心。这段时间我都在军机上学习，天天如此。

您在信中告诫过我，凡事三思而后行。我保证这次是经过认真思考过的，因为我想用最快的速度学会，不想浪费一点时间。

无论如何星期三我就要开始学飞了，真希望周二就能拿到钱，不然公司就会陷入尴尬的境地。

妈妈，求您替我保守这个秘密。等我当上了军机驾驶员，通过军官学校考试的概率就会更大，到时候我就能用军饷的钱慢慢还给您了，我会很感激您今天的支持的。

一到晚上，我有时会感到难受，因为这种环境让我感到特别压抑，而且也看不到未来。我想要培养一些兴趣爱好，否则我会沉沦在酒馆里的。真希望您能来一次斯特拉斯堡，车费只要80法郎，您还可以住在我租的地方。

妈妈，请记得回信，我只有几分钟的时间写信，所以字迹很潦草，请您原谅。

斯特拉斯堡没有传出发现流行性感冒的病例，所以您不用担心。

给您我深情的吻别。

致礼

敬爱您的儿子

安托万

第三十四封

斯特拉斯堡，1921年6月

慈爱的妈妈：

您没收到我的信吗？那可是我站晚哨时，借着月光写给您的啊，一共有十页。当时我随时都有可能被战备委员会发现，那可要接受严厉的惩罚啊！

我啥都不清楚，就连莫诺特来巴黎了我都不知道。我完全不明白她来巴黎做什么，现在的我，很是孤单。

听说迪迪生病了，这真让人担心。真想知道大家现在的情况。妈妈，我还是想问，莫诺特到底在巴黎做什么？她住在哪里？

妈妈，您的信我耐心地看了一遍又一遍。您怪我不给您写信，还说您感到很疲劳，可是我确实给您写过信啊，真令我伤心。

这边没什么特别的事，我一切都很好。只是现在军队里，甚至民航公司的进展都是一塌糊涂，相关的准许令都还没有下来。一有时间，我就会回去看您，只是我也不知道是哪一天。

每次看到您的信我都会特别牵挂您。我刚设计完一个转速计，而且还请了一位懂钟表的下士帮我组装。关于转速计最后的计算，我已经完成了，这最后的成果，您到时候就会看到了。

再见，妈妈。给您我最深情的吻。妈妈，回信中带给我一些好消息吧。

给您我最深情的吻。

致礼

敬爱您的儿子
安托万

另外，一个星期以前我就花光了生活费，今天您能再寄些吗？前一封信里就曾经请求过您的。

还有我早就求您把以下书籍从里昂邮给我：

一、工程师常备的内容丰富的空气动力学课本（一套、数本或一本）。

二、一套内容详尽的内燃机课本。

越早寄来越好，我不想再面对没书的尴尬情景。

这些不会太麻烦吧，我亲爱的妈妈！

（比如慈善街上就开了一家大书店，里面就有我要的科学理论。）

第三十五封

斯特拉斯堡，1921年[1]

慈爱的妈妈：

谢谢您的来信，我在收信当天就给您回了信。但信发去了巴黎里昂旅馆，可能是您留了地址在旅馆。

您终于来看我们了，这大概就是伟大的母爱吧。

现在我既在民航公司上课，又在军队上关于昂里奥战机的机枪手课。一旦拿到炮兵观察员的执照，我就可以晋升为下士了。

军队已经征求过志愿者的意见了，我们明天就可以去伊斯坦布尔了，这可是一次难得的机会，而且还不要钱。可是我又在琢磨，这也许并不是机械师的最佳取舍，而且我还要拿到双项驾照才行。另外，估计我们团会调往里昂，到时候飞机开到圣莫里斯只需十分钟，所以我就决定不去了。

为了登上飞机，让神甫帮您擦亮靴子吧，果真如此的话，神

---

[1] 1921年6月17日，安托万被编入拉巴特第37航空兵团，服役至1922年1月，并在伊斯特尔被任命为飞行员学徒。

甫就得准备好翩翩起舞了。如果不是，我也可以用公爵夫人的资助，来一场充满诗情画意的旅行。

这一阵子，我都待在地窖里的禁闭室中关禁闭。如果困了，我就睡在潮湿的稻草床上，透过窗口，只能勉强看到月光和窗下苍白的执勤看守。在被关的这几个星期里，我经常能听到几个怪家伙唱着风靡郊区和工厂的古怪曲调。这些歌曲让人更加哀伤，就像是送别的人听到海船的汽笛声响起。在禁闭室里只能用蜡烛，吹熄的时候，我甚至都不敢发出声音。

在禁闭室里，我可以从早睡到晚。但说实话，禁闭一点也不痛苦，相对于削马铃薯来说，我觉得这种惩罚方式还算是比较不粗暴的。

快要结束操练时，我们团的军士、中士和下士都被换掉了。现在带我的长官都很粗暴，他们总是随心所欲地怒斥、吆喝别人。这可让我吃了不少苦头。

再有15天，我就可以回到法国斯特拉斯堡市区。回到法国，回到宿舍，我就可以看到商店的橱窗了，到时请记得常给我写信。

米玛[1]和圣莫里斯的一切都还好吧！您见过叙杜尔院长[2]了吗？希望您把我的档案寄给他（达朗贝尔街22号），真诚感谢您。

---

[1] 安托万的姐姐玛丽·马德莱娜的别名。
[2] 波斯维特中学校长，也是安托万的好朋友。

等禁闭和留营结束后,我就会去拜访皮埃尔·迪·阿盖向我推荐的那个人。

我出来时天色已经不早了,电报局的办公室也关门了,所以我就没法回电报给您了。

慈爱的妈妈,就写到这里吧,再见。给您我最深情的吻别。致礼

敬爱您的儿子

安托万

第三十六封

斯特拉斯堡，1921年6月

慈爱的妈妈：

热切盼望您星期一就能来我这儿。因为等我拿到驾照后，可能就没有时间陪您了。更何况我还要从斯特拉斯堡动身去马赛。如果您只能来一两天的话，我们就飞去巴黎①看莫诺特。在此之前的零碎时间，我们就去阿尔萨斯旅行。

要想尽快拿到驾照，我必须得在明后天就开始独立飞行。

妈妈，谢谢您寄的钱和书，我都收到了。我现在没穿军服，为了不被抓，我就把自己关在租来的房间里，边吸烟边品茶。我现在好想您，想想小时候不懂事经常让您伤心，真是懊悔。

妈妈，在我眼里，您是最精致、最敏锐的妈妈。到现在您真该过上好日子了，实在不应该有个像我这样的邋遢鬼整天对您抱怨或咆哮。我真想一整晚都给您写信，可是天气实在是太热了，就算到了晚上，把窗子全部打开也吹不到风，真是难受。不知道到了摩洛哥我该怎么办。

---

① 安托万在登机前，得到了7月5日到7月8日待在巴黎的许可。

我的室友是一个瘦高个儿，来自维拉尔莱东市，人非常好。想家的时候，他就唱《浮士德》或是《蝴蝶夫人》。我常想，难道维拉尔莱东市有家歌剧院？

今天早晨这儿刮起了大风，可是我喜欢这样的风，因为它让我想起了国王的那句台词："夫人，我在狂风中屠戮了六匹狼。"我喜欢风，虽然我的身体孱弱，但我仍旧喜欢在飞机上和强风搏斗。我也喜欢选择在温和甜蜜的清晨起飞，然后降落在朝露丛中。我的教练是个很浪漫的人，他总会为心爱的人摘几朵雏菊，然后坐在轮轴上，安静地品味着世间的景色。

在这里我结识了一位高贵的朋友，我总是误以为他是法兰西斯一世或是堂吉诃德再世。我很尊敬他，也不敢问他的身份，因为在他面前，我总是显得很卑微。他常常会来我租的小屋品茶，这让我觉得很有面子。他与我谈哲学，赏音乐，评古诗。他的见解独到，动作优雅，双目炯炯，坐姿尊贵。我经常在想，他到底是一位大老爷，还是一位高贵的骑士，或是法兰西斯一世，甚至是堂吉诃德？

后来有一天，"堂吉诃德"来跟我说他那些动人却所费不赀的计划，然后"法兰西斯一世"就向我借了一百块钱，然后就没有然后了，钱也有借无还……

这就是阿纳托尔·法朗士说的"众神的余晖"。妈妈，午夜都很热啊。给您我深情的吻。两张汇票和书也收到了，谢谢！

致礼

敬爱您的儿子

安托万

第三十七封

斯特拉斯堡，1921年6月

慈爱的妈妈：

国防部的公告已经出来了，为了让我取得驾照，他们已经同意我两周以后再出发。

如果有时间的话，我想我一定会飞往圣莫里斯，但我不能向您许下承诺。因为毕竟只有经验丰富的飞行员，才能平稳地让飞机在2000米的高空航行，况且在屋顶上降落，也是十分危险的。

蒙唐东[1]一家人都很友善。尤其是蒙唐东先生，把我当家人般看待。他钓鱼时的样子很专注，我当时非常想跟他一起去健步走，就是因为这样，我才用了您的支票。

我也很感激博雷尔[2]一家，他们不认识我，也不认识我的亲戚（包括马德[3]阿姨），但却仍然非常热心地接待我，我很

---

[1] 圣埃克絮佩里的家族朋友。
[2] 皮埃尔·迪·阿盖的朋友。
[3] 马德莱娜·德·丰斯科隆布，是安托万妈妈圣埃克絮佩里夫人的姐妹。

感激。后来博雷尔夫人和女儿们去了南部的土鲁斯，那儿酷热无比。

最近一切如常。有空的时候，我会去克勒曼河堤散散步，可能是因为天气热，本就又绿又油的河水越来越浑浊了。

我在荷贝芒特机上练螺旋、翻筋斗，经常晕机，不过经过一段时间的训练，我已经掌握这些高难度动作了。而开法尔芒机时就不一样了，它不能做螺旋，也不能做倒翻的动作，因为螺旋桨叶片经常无法旋转，发动机也经常出状况。在做盘旋动作时就要格外小心，着陆时也需如此。不过我现在能完全掌控它了。这样一想，荷贝芒特机确实不错，希望以后还有机会驾驶它。

空闲时，我就下下棋、喝喝酒，我觉得自己都快成大腹便便的中产阶级了。再见到您时，我没准会变成个圆滚滚胖乎乎的阿尔萨斯仔。妈妈，为了让您高兴，我正在学当地方言，现在已经说得有点像了。

我不知道去博物馆寻求艺术情怀有什么好处，但是我会坚持从热耗的角度评判好坏。比如，第18幅作品，整个画面粉粉的，里面画了一群胖墩墩的人，看起来实在很糟，因为从画中看起来，每个人似乎都感觉很热。只有看到冰之海的石版画和俄罗斯的乡村风景画时，我才稍稍被打动。

哦，摩洛哥啊……

除了这些事情我也没事可做，无聊极了。也许是因为天气炎热，人也变得迟钝了很多，下棋时竟然没有看到对方设的陷阱,让他赢了,可把我气坏了。

就写到这儿吧,我要去泡个舒服的热水澡。

我还要再待18天。刚刚收到您的汇票了,这个月的房租终于可以交了,我待会儿还得把衣服拿去洗。

亲爱的妈妈,未来我将作为飞行员前往拉巴特,这真是让我开心啊。从飞机上看沙漠,一定会很雄伟壮丽的。

我就此停笔,向您还有洛尔婶婶①、堂姐妹们和众姐妹吻别。

致礼

敬爱您的儿子

安托万

① 罗洁·德·圣埃克絮佩里子爵夫人,是安托万小叔叔的遗孀。

第三十八封

卡萨布兰卡，1921年

慈爱的妈妈：

我一下收到了您两封信，一封是1日寄的平邮信，一封是7日寄的航空信。老给我写信，您不会觉得麻烦吧？

您总算是回到了我最爱的老家——圣莫里斯，不知道什么时候我才能回去。我已经在卡萨布兰卡待腻了。整天盯着十几颗小石子和几簇杂草，您觉得这能丰富人的思想吗？要真能，恐怕也只在小说里有。在现实生活中，这只会让人头脑愚钝，思想匮乏。就算你再努力，就算你想两三个小时，也只能想："汤快好了吧"（沉默两小时后），或是"今天早上遇到的那架飞机，真该把它射下来"，又或是"心情太糟糕了"（就这样沉默下去，直到思想沉重）。

我的驾驶同伴们不太好相处，他们只在吃晚饭的时候对我稍微和气些。我们的食堂是一间临时搭建的空心木屋。在微弱的烛光照射下，他们的脸变得血红狰狞，从地面的反光中看更加可怕，这景象就好似一群强盗土匪聚集在洞穴，伦勃朗的画也不过如此吧。

这里的景色从早到晚都一成不变，太阳每天都是这样呆乎乎地照在那些无足轻重的东西上，却还要装得从容自在，真是愚蠢！

我想念你们每一个人。亲爱的迪迪，任何言语都没法表达我对这个好女孩的喜爱。但愿她能常来信。

我很快就要随着空军中队，还有一位一起受训的中士一起离开这里，去参加冬战或夏战。

和这位中士相比，我倒还算是过得安稳，因为他受过伤，还撞坏过飞机。他第一次受伤还是在莫诺特一位朋友的哥哥（罗伯特·德·居雷尔）家里包扎的。

在这里，只有一件事情让我开怀，那就是看日出。看一次日出就好像欣赏了一出大戏一样。起初，夜空中会出现大团的紫云和黑云，它们像舞台幕布一样缓缓落下，从模糊慢慢变得明朗，最后将地平线盖住。然后，第一道光线冲破云层，照亮整个幕布。就在此时，一轮红日冉冉升起，红艳动人。几分钟后，太阳突然又消失在朦胧的云幕中，好像正在穿越洞穴一样。就在这时，我似乎"回归"了，又想起了在中学时度过的那个让人捧腹的夜晚。亲爱的妈妈，这是多久以前的事啊。您真可以买张戏票，保证您会哈哈大笑，想象力也会更丰富呢。

妈妈，如果您同意让我念通用中学，我就自己签许可，因为有许多细节您都不清楚。我要主修"航空工程师"，因为在这里学不到建筑和绘图。

您能不能把布劳齐航空学的第二、三册寄给我呢？

最近他们经常要求我飞行。我每天早上天刚亮就要开始飞，平均每天早上起降六次，到八点以后，就感觉又吵又累了。

我要停笔了，送给您深深的吻。

记得常给我写信，告诉我家里的情况，比如有谁在圣莫里斯，米玛好不好，还有莫伊西最近发明了什么新舞步等，我要吻她100万次。

致礼

敬爱您的儿子
安托万

妈妈，卡萨布兰卡是一个独立的单词！

我会帮米玛拍些这里的风景照。

第三十九封

卡萨布兰卡，1921年

慈爱的妈妈：

　　一看到您的来信，我的心情顿时就好起来了。您的来信就是我的宝贝，何况，这次还有牛奶。

　　上周末我拍了几张照片，用的是同事的相机。我拍了海，还有附近仅有的几棵孤独的植物：大大的仙人掌，我把它们都寄给您。此外还有我在岩石上拍的照片，您会喜欢吗？迪迪肯定会很喜欢来这里游玩。不过这里有一大群下贱的黄狗，它们有时候很凶，有时候又呆呆的，经常在我们这个偏僻的村子里三五成群地游荡。

　　要不是讨厌这些黄狗的阻拦，我早就去这里的小村庄走走看看了。村子里的房子都是用麦秆和泥巴做起来的，只有一道已经倒塌了的矮墙围在外面。傍晚的时候可以看到穿着讲究的老者，一些个子十分矮小的女人，她们好像发育不良一样。他们是红色天空下的一抹黑影，就像村子的外墙一样在缓缓老去。咧着嘴在狂叫的黄狗，悠闲地嚼着小石子的骆驼，打着盹的丑陋的小毛驴，这一切如果照起相来应该会很好看。可还是比不上安省的红庄那般美,那里有干草车,绿油油的草原上有好多圈养的母牛。

最近总算下了这段时间以来的第一场雨。睡午觉的时候,突然感觉鼻尖凉凉的,原来是下雨了。外面云层翻涌,木屋的小门也被风吹开,发出一声声的呜咽,好像海船出海时的声音一样。雨水不断上涨,在周围积水成湖,小木屋在水上,大家都说很像诺亚方舟。

大家都安静地在木屋里呼呼大睡。置身于木屋中那一排排的白色蚊帐中,让人有种在单身女子宿舍的错觉。有一阵子大家都纷纷变得文雅起来,直到不知哪来的几句骂人的粗话将大家拉回现实。当有人大声骂粗话时,整个空气都变得凝重,好像连蚊帐也害怕得直哆嗦。

我已经给通用中学写信了,感谢您的批准。别忘了寄这个月的伙食费和住宿费。我马上就要缴费了,而且这是一定要缴的。另外,我还打算过段时间请个假到菲斯去度假。

再见,慈爱的妈妈,送给您世界上最悠长的吻,就好像我对您的爱一样悠长。

敬爱您的儿子
安托万

第四十封

卡萨布兰卡，1921年

慈爱的妈妈：

您的包裹已经收到，里面有几双袜子，一件羊毛衫。它们让我感觉那么温暖，好像连早晨的风都变得轻柔了。它们散发出母亲般的温暖，我穿上它们就算飞到2000米的高空也不会感到寒冷。

我也不知道自己中了什么邪：一天到晚都在画画，每天不停地画画，感觉时间过得飞快。

我发现我天生就适合用细炭笔作画。我买了几本速写簿，每天我都把当天发生的事和人画在这本子上：比如同事们的笑脸；比如小狗布莱克看我画画时，漫不经心的可爱样子。

我的狗狗小黑，请保持安静。

等我画完第一本速写簿就立刻寄给您，您看完后再寄回给我……

我写信的时候已经下过了一场大雨。雨下得真大，听起来就像激流。雨水纷纷落到屋顶上，再从屋顶上的缝隙中流下来。雨水还从木板中渗进来，给我们带来了一个又一个的美梦，老天刻意让木板留出缝隙就是为了迎接雨滴的到来吧，雨水流进我们嘴里，就好像一口甘甜的美酒一样。包裹里的羊毛衫很温暖，让我看起来还像个有钱人家的公子哥，走出去叫人辨不出真伪。

昨天在卡萨布兰卡，我一个人在阿拉伯街巷上漫步。可能因为那儿的街道比较窄，只能容得下一个人行走，我才显得不是那么孤寂。

那儿有很多留着白胡子的犹太人，他们摆着摊子，盘腿而坐，兜售着阿拉伯的珍宝。我跟他们砍了半天的价。他们的小摊上有很多珍宝，有金色的皮凉鞋，有银子做的腰带。他们就这样日复一日、年复一年地慢慢老去。从世界各地来的客人纷纷到这儿来做礼拜，他们穿着艳丽的衣裳，这样的画面让人感到眼花缭乱！

我还看到一个杀人犯游街示众。围观的人们把他打得遍体鳞伤，犹不解恨，要他向严肃的犹太商人和蒙着面纱的小个子阿拉伯女子喊出犯下的罪行。我觉得这样的游街示众是很有警示作用的，起码能纠正社会上的不良风气。他被打得肩膀脱臼，头破血流。围着他的刽子手们大吼大叫。他们都用尽了力气，身上的每一寸布帛都在抖动，每一块颜色都流露出主人的粗鄙和炫耀。

细巧的金色凉鞋和银子腰带则不为所动。小摊上卖的凉鞋有的非常迷你，可能要等好长时间才会有人来把它买走了；有的实在太华丽了，大概只有仙女才配穿上……天啊，这仙女的双脚真是纤细。金色的凉鞋还告诉我它的梦想就是有朝一日能跟随着它的主人一起踏上一条瓷砖铺就的楼梯，瓷砖还必须镶嵌成马赛克那样。正在它说着的时候，一位蒙着面纱的陌生女子进来一番讨价还价，把它们都买走了。我没看清她长得什么样子，只隐约看见她有一双大大的眼睛……噢，金色凉鞋，真希望你的主人是一位最年轻的小公主，无忧无虑地生活在布满喷泉的迷人花园里……你的梦想一定会实现的。

想到金色凉鞋，我就想到有些可爱的小女孩儿，在结婚时差点就嫁给了那些又笨又丑的男人，这真让我觉得害怕。这都怪她们那些分不清是非的叔伯。

我的狗狗小黑，请你安静，你可不懂这些人世间的事情。

我的好妈妈，我听别人说，现在正是法国苹果树的花期，漂亮极了。所以如果可以的话，请您坐在开满花的苹果树下读我的信吧。请代我好好欣赏周围的风景，一定是满目芳翠、香气宜人……我很想念那种绿色，那是自然的恩赐，那是精神的食粮，可以让人的举止有礼、平静安稳。假如没有了生命的颜色，人马上就会因为干枯而死去。生活在荒野中的猛兽易受惊吓，就是因为沙漠中没有绿色的苜蓿丛。而我也是这样，当我看见一棵树的时候，总会泛起思乡之情。于是我总会摘下几片叶子，塞进口袋带回寝室，边爱抚边寻求慰藉！

我的好妈妈，您可能无法理解一片简单的草地竟能抚慰人心，也无法理解一架留声机竟可以让人心碎。

是啊，留声机正在缓缓旋转，轻柔的老歌一点一点送出，每一首曲子都让我肝肠寸断。因为这些都是浸满故乡之芬芳的乐曲。没想到再次听到时，却如同梦魇般挥之不去。那熟悉的旋律仿佛在讽刺我这背井离乡的人一般。我闭上双眼感受这动人的旋律，浮现在我眼前的是老布雷森储物箱，还有上好了蜡的地板……还有玛农……神奇的是每当空气中弥漫着这些曲调，大家就变得充满了仇恨，就像流浪汉看着有钱人走过的那般光景。每次听到这样的音乐，人的心情就变得复杂，追忆起往日的似水流年。

不过也有能安慰人心的曲子……

噢！我亲爱的小黑，别再叫了，我都听不到音乐了。

妈妈，您是无法理解我说的这些的。

我向您吻别，倾尽我的温柔。慈爱的妈妈，请快来信，也常来信。

敬爱您的儿子
安托万

第四十一封

卡萨布兰卡，1921年

慈爱的妈妈：

许久都没有收到您写给我的信了，您什么时候给我写信？给我写封信好吗？

亲爱的妈妈，您变成什么样子啦？您的模样经常会浮现在我的脑海中。我真的很喜欢您新画的粉彩画。每当想象着您每天晚上散步的画面时，我就恨不得能随侍在您的身旁。

我在杂志上读到一篇精妙的文章，寄给您，叫《我和我的女儿》。

这篇文章让我想到您，随后我感到愧疚。您为我们做了那么多的事，我却是那么自私，从来没跟您说过一声谢谢。小时候的我不能做您的后盾，现在我想补偿，想多理解您，多关爱您。因为"妈妈"是所有漂泊在外的人唯一的港湾。我会把这篇文章寄给您看，相信您也会喜欢的。

为什么最近都没有收到过您的来信？您知道我等得多着急吗？

今早我操作了六次近乎完美的起降——我必须完成规定内的航程，但是每次飞行的时候我总想要飞得更远一点，就像上课的人想逃课一样。

当我飞到两座庄园的上方时，我俯瞰它们。在早晨粉红色阳光的映衬下，它们看起来是那么羞涩，像少女的脸庞一样。我飞到一百米的高空处，看到地面上是配备了花园和水井的蓝房子，我觉得是绿洲。景色是这么迷人，我忍不住在它们上空多盘旋了几圈，脑海中浮现出《一千零一夜》中的美少女来取水的美丽场景。

我脑海中一直浮现着一个梦，梦想飞往高处，过着自由自在的生活。现在我飞到了海平面的上空，穿梭于云雾缭绕的天海之间，然后转了个弯，来到了卡萨布兰卡这个小小的城市，这儿就像娃娃身上的装饰品一样。红色的地面上时不时地冒出几个雪白的小石头，显得格外明亮。再转了个弯，看到了停机场和木屋——我开着飞机直奔了过去。伴随着飞机降落时缆绳和张线发出的响声，飞机终于着陆啦！但眼前的景象和空中的美丽景色相比实在让人失望，只有一座看起来挺吓人的劳改营。经过五分钟小憩之后，我给内燃机加满了油——它的状况还不错，然后继续起飞。

我在这身体很好，很期待能收到您的来信！您写信给我时记得寄航空件，快的时候五六天就能到，记得在信封上注明"寄自图卢兹，航空件"，还有贴张一法郎的邮票！

我要跟你们和莫伊西说再见了。

给我寄点东西吧，照片或者信，什么都可以。

衷心地吻您！

敬爱您的儿子
安托万

第四十二封

卡萨布兰卡，1921年

慈爱的妈妈：

我的好妈妈，两个星期过去了，我至今还未收到过您的一封信，您怎么可以这么久都不告诉我您的消息，您知道这样有多令人担忧吗！

是不是近段时间以来发生了什么事，还是您的心情不好？妈妈，我唯一的心愿就是能够收到您的来信！迪迪和其他人都不写信了。除了每天想念你们之外，我在这儿没什么其他的事可以做了，整个人都变得十分孤寂。

我的钱花光了，一毛钱都没剩。我不想考拉巴特的军官学校，我在那里待了八天，相比之下我还是喜欢空军飞行中队。我不想浪费一年的时间凄惨地待在学校里学军事理论。再说我不适合当军官，那样的工作枯燥无聊，我实在是没什么兴趣。

我来了摩洛哥之后哪也没去过，只去过卡萨布兰卡，还不如不来呢。就算我被录取了，我也不打算去了。我不要再试考军校了，我要重拾建筑学或是直接转行。

我真的好想再见到大家，我会尽一切努力请足一个月的假！

我在迷人的拉巴特待了足足八天。在那里我见到了萨布朗和一位圣路易中学的同学。我也认识了两位来拉巴特投考军官学校的优秀青年，他们都是医生的儿子，家教良好，很有内涵。除此之外我还认识了一位以前定居在里昂的上尉，他请我们五个（萨布朗、我同学、两位年轻人和我）一起吃晚餐。他真是魅力四射，既是音乐家又是美术家，没有一点架子，很快就融入了我们。他家住在拉巴特白屋区的白色别墅中。那一晚我们走在白屋区，月光像洁白的棉絮一样洒下来照在地上，这样的场景给我们的感觉就像是在极地的大雪里漫步呢，那种感觉真是太美好了！

来摩洛哥那么久了，从拉巴特我才开始认识它，发现它的绝妙。这里有大大小小的街道，你走也走不完，街道上来往的人熙熙攘攘。晚上华灯初上时，光影浮动，摄人心魄。狭长的巷子里隐藏着一扇扇大门，看似神秘，却又笨重无比，墙壁上没有开窗子，但偶尔会看到一眼清泉，几只驴子在旁边喝水。那时的我往往会想：要是我会画水彩画就好了，那肯定会是一幅五彩缤纷、色彩绚丽的图画，看一眼就仿佛步入了仙境。

我回来以后一直都很忙碌：我开始了我的第一次试飞。今天早上我还去试飞了呢，飞了足足300千米。航程是从拜赖希德飞往拉巴特，最后再飞向卡萨布兰卡。从高处往下看，我最爱的城市散发着平静又美妙的白光。拜赖希德令人生厌，地处偏南。因为飞了一上午很累，我休息了一下午。明天早上还要飞300千米。

后天还要往南飞一个长途，去卡斯巴达德拉，要飞将近三个小时，回来也一样。我等不及要开始了，就是有点担心飞那么长时间会无聊。

今晚我开始学用罗盘辨方向了。布瓦洛士官在桌上铺开一些地图，在柔和的灯光下解释道："到达这里，你们向西飞45度，那里是座村落；你们从左边飞越村庄，别忘记了使用罗盘来调整方向舵。"我听得有点稀里糊涂了。他让我醒过神来："特别注意，现在是西经180度，除非你们偏好从这里横飞，但是这里的基准点更少。看着，这一条路线看起来不错。"

布瓦洛士官端了一杯茶给我。我一边喝着一边想，要是我迷路了，就降落到一个没有人的地方。因为我经常听到这样的故事："假如你跳下飞机的那刻，刚好有个女的出现在你面前，如果你将她搂入怀中亲吻，那么你就闯祸了。她会自认是你的母亲，然后给你几头牛，一只骆驼，逼你成亲。不过这是唯一的救命法。"

我现在飞行经验还不丰富，不能冒险。但是这也没关系，我还是很期待沙漠中的长途飞行的。

我好想开飞机带您四处游历。

亲爱的妈妈，我就写到这里吧。您就当是做做善事，写封信给我吧。因为这个月我去了很多地方，开销很大。妈妈，如果您方便的话，可不可以给我寄一张500法郎的电汇支票。我残存的一点钱都用来买邮票了，明后天我会先向别人借钱的。

轻轻地吻您，正如我还是当年那个拽着绿椅子的小孩那样，妈妈！

  最后一小时内，结束了卡斯巴达德拉的往返航程。在这次航行中，飞机启动的过程中没出现任何失误，飞行总体来说也还算顺利。我深深爱上了这次飞行，具体情况我会再在信中给您讲述。

安托万

第四十三封

拉巴特，1921年

慈爱的妈妈：

我现在在一间很精美的摩尔式迷你客厅里，一边抽烟一边给您写信。我身边堆满了大靠枕，对面放了一杯茶。我的朋友萨布朗正在弹着德彪西、拉威尔的曲子。其余的朋友们都在玩桥牌……

在我认识的人当中，拉巴特的普里乌上尉可以算得上是最完美的那种。他总是无法忍受那些自愿来服兵役的下士同僚，但是我们几个人他还是喜欢的：我，萨布朗，还有曾和我共同备考海军的一位圣路易的同学，以及另外两位青年。我们六个人中，萨布朗、普里乌上尉和"篮子"是乐器弹奏高手，想弹什么马上可以弹。我不会弹奏乐器，每次我都靠在我的大靠枕上听他们弹。

普里乌上尉对我们很好，他的家我们随时都可以去，我们把他家当成自己的家。我和萨布朗从卡萨布兰卡到他家住了整整两天。请您相信，晚饭我们吃得开心极了，因为我们每一个人都是幽默风趣的人。每晚大家不是开心地打扑克牌，就是热闹地玩音乐，每次都要到凌晨三四点钟我们才睡。有时候，我们玩得很大，一晚上居然输掉整整16块。但我们懂得分寸，在我们眼中，这种方式和赌旧金币没什么太大差别，都一样有趣。我们还装阔，规定赢了20块的人就退出这场赌局。

因为萨布朗在卡萨布兰卡，每个星期六我们都会去拉巴特，星期一晚上再回来。我们在这个满是花香的国家里过得乐不思蜀。要知道原来的摩洛哥只是一块荒芜的土地，后来有了绿油油的草地才为这片大地增添了一抹生气。现在草地上更加五彩缤纷，开满了红色黄色的花，与远处的平原交相辉映。

这儿真是座气候怡人的心灵驿站。拉巴特城今天一片宁静，正是我喜欢的。

这里的阿拉伯式白屋一群一群聚集在一起，像迷宫一样，上尉的房子就藏在这迷宫的深处。旁边紧挨着的是乌达伊亚人[1]的清真寺，清真寺的尖顶从院子的中心高高耸出。傍晚我从客厅步入饭厅，抬头看星星时就好像自己是在一口井当中往上看一样，还能听到穆安津[2]的歌声。

再见了，亲爱的妈妈。我相信在一个月内我一定可以再见到您。长吻您，如我的爱。

---

[1] 一个阿拉伯部落，乌代雅城堡之名就来源于此。16世纪，为保护城堡不被外族侵占，乌达伊亚族人在此定居。
[2] 在清真寺尖塔上召唤信徒进行祈祷的人。

您收到我上周写的长信了吗?

还有,请您今天一定要把伙食费和住宿费寄给我。

敬爱您的儿子

安托万

第四十四封

卡萨布兰卡，1921年

慈爱的妈妈：

您在那遥远的迪沃过得怎么样呢？

最近一段时间，我有点忙，飞行了好几次，平均每天都飞差不多一个小时。

您写给我的信是我在空闲日子里的精神寄托。不知道是什么原因，来这儿也有一段时间了，我压根没心思去做任何事情。对于我不知道的事情，我总是感到很焦虑。而学建筑的时间是那么长，长到我的信心都消失殆尽了。

您要我自己说吗？现在那些诗和画都被压在了我的箱子底，我觉得都是不值钱的小玩意儿。其实这并不是什么大事，只是我已经不再相信我自己。

更不幸的是，我在这里并没有朋友，没有一个可以谈心的朋友。我仔细回想了一下，我和别人交谈都没有超过十句。除了去拉巴特时，我和沙布拉一起吃过一顿饭。

我也希望我能趁着布洛尔特一家人①都在那儿时，能有时间去费斯。但是现在对于我来说，这都是一件奢侈的事。

至于飞机上的那些平面三角形，我都不想去关心了。十分钟后我们将在拜赖希德、拉巴特或其他地方降落。在那儿签文件，小憩会儿，加点油。然后，我再回到机舱，继续和那些旋涡作战。

我有一顶像罩子一样的风雪帽，这顶帽子只在眼睛的部位开了两个洞，而且我还戴了一副眼镜。我亲爱的妈妈，如果您看到我每天早上都裹得像个因纽特人，迟钝得像厚皮的动物，您一定会笑的。

我脖子上系的长围巾（叔叔的围巾），和您毛茸茸的白色针织紧身上衣组合在一起，还有大手套和在我大鞋子里的两双袜子。

敬爱您的儿子
安托万

---

① 圣埃克絮佩里的表妹珍妮·丘吉尔和她的丈夫（埃罗省的一位将军）。

第四十五封

卡萨布兰卡，1921年

慈爱的妈妈：

每次在拆您包裹的时候我都特别开心，您真是个可爱的妈妈，每次都给我寄那么多的宝贝。

我从报纸上看到最近法国天气很冷。在那儿您过得怎么样？这儿通常是和煦的天气，不下雨，阳光普照。

我寄给您的圣诞照片和素描草图您看了吗？怎么没给我反馈呢？难道是丢了吗？拜托您给我反馈吧！

说到画画，昨天我又画了一只狗，我觉得画得还不错，就把它粘在了信纸上。您觉得它看起来怎么样？

这些天飞了很多次的航班，尤其是今天早上。我飞了越来越多的旅行航班了。

上次15天的假期我去了边界上的一个城市——卡斯巴达德拉。出发前我穿了缀有毛皮的上下相连的衣裤，还戴了手套。为了要飞过高山，飞机要飞越高海拔。去的时候我是一个人，寒冷的感觉让我很想哭，很难受。我当时就打算如果这一趟要飞很久的话，我可能会随便找一个地方降落。这趟飞行让我难受极了，光找个地图就找了20分钟，我还咬破了我的手指，疼死我了，我的脚……

当时我脑子已经无法思考了，飞机开始漫无目的地乱飞，现在我只有一个词能描绘，就是"惨"。

吃完一顿还不错的早餐后，我就往回飞了。返程倒是很顺利，也没有花很长时间，不像来的时候花了整整两个小时四十分钟。而且随着天气变暖，身体也跟着暖和起来了。别人看我应该就像个大人物那样，径直登回座舱，不管什么道路和城市，坚定地看着指南针往前飞，即使是气流旋涡也打不倒我。天气是那么晴朗，我在离卡萨布兰卡还有24千米的时候就看到了它。经过它上空的时候，我心里生出一种自豪和骄傲感。

布洛尔特是怎么跟您描绘学校的呢？

就算我落选或者放弃，二月的时候我都会尽量回去看您的，因为接下来我就要到伊斯特尔开一两个月的纽波特机，那里离马赛很近。等我到了伊斯特尔，就有20天到30天的假期。到时候我就会去看您的。

您一定要记得杀好肥牛哦！

再见了亲爱的妈妈，衷心地吻您，记得来信。

敬爱您的儿子
安托万

第四十六封

包裹海运公司，1922年

我亲爱的妈妈：

昨天我们离开丹尼尔城出海旅行了。再见了，摩洛哥！当我们沿着西班牙海岸航行时，在阳光的映衬下，一座白色的小山镇逐渐映入我们的眼帘。坐在我旁边那条长凳上的人告诉我们，那座小镇虽然不大，但却有一个非常响亮的名字，这让我们都赞不绝口。

此时，我脚下的海面很平稳。天空中没有一片云彩，海上也没有一点儿浪。船上的菜口味还是不错的，就是没什么玩的，也没人下棋。我只有看我带来的书。我在餐厅一边吃东西一边看周围的人，旁边有几位服务生正在摆放餐具。可惜我在日落前就吃完了晚餐，没有看到日落的美丽景象。

迪迪写信跟我说，她要和我一起回圣莫里斯。有她在旅途肯定会非常好玩的，我会假装跟她说："亲爱的朋友，你还好吗？"她听到后肯定会很得意，并且会在其他乘客面前摆出一副高人一等的姿态，仿佛在告诉别人她很幸福快乐。

我现在写信是要跟您说，到了马赛以后，我肯定会非常忙碌。我要去做一个体检，不知道会不会很麻烦，还要去办一些行政手续。我没有一秒时间休息。迪迪说要来船上等我，我可能来不及，因为我要等所有事情都办完才能离开；如果她一定要来，恐怕我也只能给她一个吻，然后就马上走了。她要回圣拉斐尔跳舞，至于我这边，我会离开伊斯特尔。

妈妈，摩洛哥现在天气炎热。我很担心我回到圣莫里斯后会得支气管炎，所以请您把我的房间弄得暖烘烘的。回家就生病了多糟糕啊！还有，妈妈，您能提前几天去巴黎吗？我想跟您一起去。我太想回去看看那里的灰色建筑、花园和艺术展览了。

不过，对于摩洛哥我也没什么好抱怨的，虽然我在那儿住过又脏又乱的木板屋，非常惨苦，但是总的来说生活还是舒适的，而且现在回想起来，住木板屋的日子好像还有点诗意。并且，在拉巴特我还参加了几次非常美妙的聚会呢。

您问我要带哪些朋友回去，您总不会要我把他们从摩洛哥请来只为了在家里待上一周吧。我的法国朋友们大部分都很忙，像沙烈思和彭维。如果要来，我肯定会让他们待久一点。

船突然摇晃了几下，真叫人担心。我感觉中午吃的炸鳕鱼都要吐出来了。现在天空没有一丝云彩。我的天主，请您让这些小风浪消失吧。

再见了，亲爱的妈妈，请您打开家门，屠宰肥牛！替我向本堂神甫下好跳棋战帖,并转达对米玛和马吉的热爱,再恳求莫诺特不要告诉丽金我会回来。这样的话,我可以在某晚闯入路易斯的房间,给他一个大大的惊喜。

安托万

第四十七封[1]

阿沃尔，1922年

我的好妈妈：

刚刚我又把您上次写给我的信看了一遍，每次看您的信我都觉得好亲切，觉得自己对您的爱又增加了几分。我的好妈妈，我真想每天陪在您身边。可惜最近我有太多事要忙，没什么时间给您写信。

今天晚上天气不错，我却很忧郁，我也不知道为什么。可能我在阿沃尔实习太久，有点累了吧。我十分需要在圣莫里斯好好休息，需要您陪在我身边。我还是像小时候那样需要您。士官和纪律，战略课等等都很烦琐。我想象您在客厅插花的情景，我讨厌那些军官。

妈妈，您在做什么？您还画画吗？您没跟我谈画展的事，也没跟我说过勒平的评价。

妈妈有时间就给我写信吧，这么疲惫的日子里只有您的信能

---

[1] 1922年，安托万被连续调职，从阿沃尔（雪儿）阵营调到马伊（奥布）阵营，最后被调到凡尔赛宫。同年10月他被任命为中尉。

让我好过些，就像炎热的夏日里迎面吹来的凉风那么舒适。我的好妈妈，您写出了这么美好的东西，您是怎么做到的啊？让我读完以后感动一整天。

明天我又要上飞机飞行了，我至少会向您那儿飞50千米，离您又近一些了。

妈妈，一想到以前我不懂事让您流泪，我就难过，我怎么会让您流泪呢？那个时候您一定怀疑我对您的爱，但是您一定要知道，我是多么多么爱您。

您是我生命中最温暖的部分。今天晚上，我是那么想念您，像个孩子一样。我想看您在家里走来走去的样子，听您说话的声音，我们还和以前一样一起生活。可是现实总是令人失望，我既感受不到您的温柔，也不能给您依靠。

今晚真的好郁闷，难受得我好想放声大哭。当我伤心难过的时候，您真的是我唯一的安慰。记得我还小的时候，背着书包走在回家的路上，我总是因为被责罚而边走边哭——您还记不记得那时在勒芒，只要您亲下我，所有的烦恼就都烟消云散了。每当我因被督学和学监责罚而难过的时候，您就是我最伟大的依靠。回到您的房间里，我就安心了，在您的房里，没有危险。做您的孩子真好，真的很好。

而直到现在，还是一样。您还是避风港，您总是那么了解我，我的一切您都明白。您让我忘却一切悲伤，让我感到自己是个长不大的孩子。

妈妈，我要停笔了，我想起还有事情要做。我要去窗口呼吸呼吸新鲜空气了。这里也有跟圣莫里斯一样的蛙鸣，但它们唱得没那么动听。

给您我最温柔的吻。

您的大儿子

安托万

第四十八封

阿沃尔，1922年

亲爱的妈妈：

您最后收到了在信里的版画吗？我跟您提过的，您觉得它怎么样？

我的运气非常好，那些课程非常有趣。我以前都不敢奢望它们会这么好，这真出乎我的意料。

我每周飞行四次左右，其中有两次作为试飞，两次作为观察员。我学到了很多飞行的技巧以及摄影技术。

能学到那么多东西我觉得非常开心。这些就是我在那儿每天做的事情。这份工作看起来很高雅，就是做的时候太热了，特别是下午拍地形图的时候，热得直流汗。只有飞行的时候比较凉爽。我们每天做的事都是非常有趣的，包括训练也是，它可以让我们的大脑一直保持灵活的状态。

您的女儿们还好吗？米玛还在瑞士吗？我不知道情况。迪迪回到圣莫里斯了吗？莫诺特什么时候考试呢？

马吉是否收到了我想买书的那封信呢？我想知道她能不能帮我买。我就要准备参加高等航空学校入学考试了，就像我跟您说的那样，我将以少尉之职修完课程。算上飞行奖金的话，我一个月约莫会有1000法郎。

不久我可能就会结婚了，我想我会有个小公寓，公寓里有一个可爱的女人，还有一个厨艺高超的厨师。

妈妈，那个吝啬的裁缝师跟我要钱了，他没有大声吵闹，而是不断暗示我。您今天能不能给我寄200法郎的支票呢？

我在自己的小房间里给您写信。房间里一片狼藉，而且闷热难耐。我的书、炉子、棋盘、墨水、牙刷摆在我旁边的书桌上。

您知道我的抽屉里有很多宝贝吗？那里就是我的小王国。

您想不想来一条巧克力棒？等一下，这里就有一条，摆在圆规盒和酒精灯之间……

您要笔吗？等我在那边的盆子里找一下。那应该是我放的，因为它需要清洗。

我想挑个不去巴黎的星期天，就是四个星期天中的第三个（复活节以来我还没有去过巴黎），到布赫吉的骑马场骑马。我的几个同学也在考虑要不要跟我一起去。

再见妈妈，这么久没给您写信，我不是故意的，您千万不要生气啊！

飞机发动机的轰隆隆的声音，是多么诱人的乐曲啊……

安托万

第四十九封

巴黎，1922年

妈妈：

您没有收到我写的信吗？我一直在等您的回信。我亲爱的妈妈，请原谅我。

迪迪感觉好幸福[1]。我亲爱的妈妈，您是否和她一样高兴呢？德丰特奈伊阿姨也好开心。

今天下午，我在一位美国朋友家用餐，她是阿奈姑妈的闺密，叫作罗宾逊女士。她家的糕点特别好吃，我还很喜欢她的三个漂亮的女儿。她的女儿们总是喜欢一起做事情，比如一起回答问题，喜欢同一出舞台剧，喝茶的时候喜欢放同样多的糖，甚至离开的时间都一样，都在五点十分的时候，害得我要和她们三个一起告别，这让我的难过顿时增加了三倍。

在布尔歇和维拉库布莱飞的时候，我被派去表演空中特技。我驾驶尼厄勃29号机，它的飞行速度最快，机身迷你，爆发力十足。

---

[1] 安托万的妹妹加布里埃尔刚与皮埃尔·迪·阿盖订婚。

我给在布尔歇的朋友起了绰号，比如谢耿等等。一想到他们因为我起的绰号而"吃尽苦头"，我就暗暗发笑。

这段时间我看了一些书。我刚读完罗杰·马丁·杜·加尔的《蒂博一家》，风格像是罗曼·罗兰，但是还是没有《约翰·克利斯朵夫》精彩。

妈妈，我现在还在想那三个美国女孩呢，都没办法专心写信了，她们三个实在是太有趣了，我跟您说说。

她们只知道巴黎的法兰西歌剧院和凯旋门。令人惊讶的是她们从来都没有去过电影院看电影，这实在是出乎我的意料。她们的眼睛就像陶瓷娃娃那样，在低头的时候会自己闭上，就好像卢浮宫玩具区里的布娃娃的眼睛一样。她们爱跳舞，因为很有趣；她们爱音乐，因为很美妙。她们不喜欢埃菲尔铁塔，但一旦别人说这塔美，她们就会异口同声回答：是呀，的确如此。

她们一个穿红，另一个穿绿，剩下一个穿蓝；一个是金发，一个是棕发，还有一个是栗发。她们三个就好像是一套手绢，各有特点，各有美丽之处。要让我在她们当中选一个，我实在是不知道如何抉择。

我亲爱的妈妈，帮我找一个像她们一样的女孩。我不需要她能跟我讲天文地理和理想。唉，N这个人让我感到很无趣。

昨天我在佐登家跟您的女儿们一起吃了晚餐。我不得不停笔了。我爱您。

安托万

第五十封

巴黎，1923年

亲爱的妈妈：

我最近都没给您去信，您是否一切安好？我最近一直在考虑我的现状，并以此做判断，只是目前还没结果。我星期四或星期五会去看望您。

我在写给L的信尾，也给迪迪写了长长的一封。

《新法文》杂志可能过几天或者一段时间后就会发表我的短篇小说。

近期我创作了两三篇佳作。

我晚上给维达拉将军打了个电话，他已病入膏肓，真是可怜。

我见了伊冯娜好几次，昨天还见了一次苏杜赫和雅克舅舅一家。

至于我的生活嘛，还是老样子。每天都和L在一起过着舒服的小日子。

真想马上见到您。迪迪的未婚夫什么时候到？

我现在住在韦尔讷伊大道7号的丘吉尔家。我前天刚刚把之前的房子退了，不知道那里有没有您新寄来的信。

再见了亲爱的妈妈。衷心地吻您，如我的爱。

敬爱您的儿子

安托万

第五十一封

巴黎，薇薇安街22号，1923年10月

亲爱的妈妈：

我现在正在您给我的那盏我最喜欢的小灯下写信，它散发着柔和温馨的光芒，就像您一样。最近我事情太多了，都没时间给您写信，我真愧疚。得知您感到糟心，我真的很伤心。

妈妈好些了吗？在圣莫里斯您把生活安排得井井有条，两个女儿都过得很开心，这都是因为您的努力。我不知道怎样才能表达出我对您无尽的爱。我最近很忧虑，这让我变得沉默寡言。我知道我应该对您有信心，并告诉您我的烦恼。就像小时候那样，您总能安慰我、开导我。这样我就能把我所有的不幸都告诉您。您别生气，我知道即便您的大儿子是个混世魔王，您也深爱着他。我总是那么乖戾那么郁闷，但是现在我也变勇敢了，我会做个让您感受到甜蜜温情的儿子。如果您来巴黎，我不会让您住酒店，会让您住我的房间。晚上我来接您，我们一起去吃晚饭，我们头靠着头坐在一起。我会告诉您我搜集来的有趣故事，您一定会非常开心的。只要您高兴我就高兴了。我不知道为什么都这么大了我还是这么固执地依赖您，不会独自照顾自己。只有您能帮我处理好一切，再没他人能够做到了。我把所有都交给您，只要您跟上级说一声，就一切都可以了。现在，我像一个小孩在您身旁。我记得您想去找学监神甫让我不要留校受处罚，您就真的去找他了，您真是个万能的妈妈。

我的妈妈，您赞许我在圣莫里斯的表现吗？我有没有当个好哥哥？我有点感动，也为您感动……我能成长成这样都是您的功劳。您给我们带来了很多很多幸福快乐的时光①。

请您宽恕所有因我而起的苦难，亲爱的妈妈。

我要带您去看一出非常精彩的戏。今晚我才和伊冯娜看了回来，这是皮埃尔·汉普编的名为《家为首》的一部戏，您一定不想错过的。

晚安，亲爱的妈妈，为我祝福，和以前一样好好疼我吧！

安托万

---

① 暗指1923年10月11日，加布里埃尔·迪·圣埃克絮佩里与皮埃尔·迪·阿盖结婚。

第五十二封

巴黎，勃狄街12号，1924年

亲爱的妈妈：

非常感谢您给我寄了汇票。前段时间因为要搬家，给清洁女工和守门人买礼物超支了，我要搬很多书，还有大箱子和军旅箱，而且去看牙医又花了我300法郎，医生还拒绝赊账。现在我的境况可凄惨了。我大概不能去看迪迪了。

我倒有个好奔头，那就是去新闻界。但我没有时间去做采访。唉，我认识的那个家伙只让我在晨报的资讯板块写文章。

也许明年春天，搞不好就在今年冬天，我就会去中国。因为我听说那里招飞行员，说不定我还能在某个飞行培训学校里当个校长。这样我就能大赚一把，以后我就可以做我想做的事了。

办公室的氛围越来越压抑了，这让我感觉到很郁闷，我迫不及待地想出去旅行透透气了。

阿奈姑妈在圣莫里斯吧？我可喜欢她来了。我亲爱的妈妈，关于回到圣莫里斯这个话题，您的意见如何呢？要是我真的会去中国，离开前大约有一个月的假期，我想回圣莫里斯看看您,和您在一起过几天快活日子。

最近天气真是糟透了,可我还是得在奥利驾驶飞机。这次飞行,我干得不错。妈妈,我可喜欢这个职业了。您根本就想象不到,当飞上4000米的高空时,只有我和引擎在高空翱翔,那种宁静宽广实在令人神往;离开高空,与同事们待在地面上,谈笑风生,那也是幸福的瞬间!

在等飞行时,我们就在草地上小睡一会儿。一有飞机回来,大家就目不转睛地看着开飞机的同事,听他说他的情况。他们所讲的空中经历都让人惊讶,有的说在一个没去过的小村子的田野上飞机出了故障,那个村子的村长非常爱国,热情地招待了飞行员们,还请他们吃晚饭。还有的故事简直就跟神话一样神奇!

其实每次都是临时瞎编的,可我们还是听得津津有味。等到我自己起飞时,刚开始还很浪漫,充满期待,但飞完回来却什么事也没有。着陆时只好喝瓶波尔图葡萄酒聊以自慰,抑或是告诉大家:"兄弟们,我的引擎发热时可真令人肝儿颤。"其实引擎可没么容易热起来。

妈妈,我的小说已经完成了一半。自我感觉写得简洁明了又别出心裁。萨布朗看我的书看得晕头转向,他应该从我的书里收获了很多。

和普力欧在一起的生活真让我开心。因为世上没有比他性格更好的人了。唉,真可惜,10月15日就得把房子退还给房东,去别处找地方了。现在我们已经找好了两个可以选择的地方

125

了。希望开销不要太大,还好租金不算很高。您可以给我几件家具和几条床单吗?

我亲爱的妈妈,我真心和您吻别。您好好歇息。请转告米玛,我会给她来信的。

敬爱您的儿子

安托万

第五十三封

巴黎，1924年3月

亲爱的妈妈：

您给我写的信总是让我感觉这么甜蜜。若有足够的钱，下个月我有可能去圣莫里斯度过我的周日。能再次见到您、碧许，还有我们的房子，我会很开心，那样的话疲惫感也就全都消失了。这段时间，我迷失了自我。这八个月里，我的生活是如此的动荡不安，丝毫没有安全感。我也不想去想太多了。

现在的生活还算惬意，没有太多的顾虑，工作不再那么无聊。我正在做几个项目。在工作之余，也写点小说。路易①可喜欢我写的小说了。迪迪应该给我写过信，我没有给她回信，因为那时我还没想好要跟她说些什么。她最近还好吗？

以前普力欧周边有一大堆朋友相伴，那段时光真是幸福。伊冯娜已经去了南方一个月，我在想：她很快就会回来吧。

妈妈您一个人在那儿会感到烦闷吗？为什么不去迪迪家画画或取暖。最近天气不错，几乎每天都能看到太阳，您就不用老

---

① 指路易·德·彭维。

是被冻着了。

您建议我换件大衣，可票据是月底的，我要寄还给您吗？工作前几天，我一直在等着4月的事情是否通过，到时候有钱了就还给您，因为我不希望您再破费了。但这几天我过得惨淡，还没法还给您。

我就此停笔。真心拥抱您，爱您。

敬爱您的儿子
安托万

第五十四封

巴黎，1924年7月

亲爱的妈妈：

我本来想去投票的，但是那个星期天能在飞机上拍照，这可是个千载难逢的好机会啊。我拍照的时候在想：我要拍照，并且专门为工厂提供飞机的照片，把我住的地方弄成小公司，我来做老板，一步步做起。这我可不能错过。

现在我每天都在巴黎闹市区打发时间，我住在一间陋室。我的朋友来看我，我还要摆出一副很严肃的样子跟他们谈话，要是被您看到，您肯定会笑我的。

雅克舅舅让儿子去当兵①。他儿子离开的时候没什么热情。但是以我的经历来看，我认为当兵对他是有好处的。没什么比二等兵的生涯更讨我喜欢的了，我很怀念军中将士，军旅支持者的热血之谊。即便是响着伤感小曲的禁闭室，我也无法忘怀。

我的小说②已经快收尾了，我对这部小说有足够的信心，它

---

① 佛兰索瓦·德·丰斯科隆布，是雅克·德·丰斯科隆布的儿子，也就是安托万的表兄弟，刚去服兵役。
② 这部小说的手稿丢失了。

一定是前无古人的。就在刚才我写完了我认为最好的一段。下月初我去看您的时候就给您看。

您那么热情地招待我的朋友，着实令我感动。真不知该如何感谢您，请您见谅。

我现在身体健康，朋友也很贴心。上天真的很眷顾我，真是天赐的福分。唯一让我不满意的就是现在这间房间，它都发霉了，让我一刻也不想待在里面。我好想有一间公寓可以接待我的朋友，让他们觉得舒适，我自己也住得舒服。

还有，这里的天气热得快让人崩溃了。您怎么会热爱太阳呢？可怕的是每个人都在流汗。

我每周三都和阿奈姑妈吃一次午餐，她还是那么胖乎乎的，那么乐观。我们几乎把巴黎所有的餐馆都吃遍了，我也会带她去小酒馆，我们像一对小情人一样地聊政治、文学和上流社会。她非常开心。

妈妈，也没什么了。那天我还想说的是，圣莫里斯再好不过了，我没有一刻不想着马上回去。我会尽量把我的假期和迪迪的安排在一起，这样我们就可以一起陪您了。妈妈，您能寄一篮子樱桃给我吗？如果可以的话我会很高兴的！妈妈，我的朋友们都觉得您把他们招待得特别好。

温柔地吻您。

妈妈，我非常爱您。

敬爱您的儿子
安托万

第五十五封

巴黎，1924年

亲爱的妈妈：

我是在阴暗的小旅馆（奥尔纳诺街70号）里生活的不幸者。这儿压根无趣。一切都那么令人悲伤，要是……

我很久都没有给您来信，因为什么都还没确定下来，我不想让您失望，想等到有激动人心的消息时再通知您。但是现在似乎差不多已经明朗。我觉得您很快就会眉开眼笑的。

目前我有一份汽车行业的工作，我会有：

1.固定工资：每年12000法郎；

2.佣金：每年差不多25000法郎。

每年计30000至40000法郎，还额外给我辆小汽车，我可以用来带您和莫诺特兜风。不过要到下周才能完全定下来，要是这样的话，那我周五去您那儿小住八天左右。这会是一段不受约束的桃源生活。这将是我这一年来第一次这么高兴。我和您都会感到非常幸福的。

不过那旅馆真让我恶心，我都不知道该怎么住。

这工作唯一的麻烦是：为了更好地了解情况，要有两个月的工厂实习,体验所有部门的工人生活。我也不知道这两个月是否发薪水。但我很快就是个富有的大人啦。

昨晚我和普里乌一起去了玛耶家。婚后她变成了法国轩尼诗大使夫人。她介绍我时说了一千句甜言蜜语:"……最有天赋的文学家!"

我非常思念西蒙娜,她什么时候到呢?告诉她今年冬天,我会开着迷你车带她兜风……如果我有公寓了,定会邀请她参加晚宴(我不在普里乌家了,真是遗憾)。

我亲爱的妈妈,我周三再给您去信啦!告诉您这看起来已有眉目的热切期望。若事儿能成,我就跟您会合。否则的话,您来巴黎?

长吻您,如我的爱。

安托万

我可以向您起誓,我还是应该稍微滋润些!

第五十六封

巴黎，奥尔纳诺街70号，1924年

我亲爱的妈妈：

我现在很高兴。我终于找到适合我的工作了。我已经看过三个省（阿列省、谢尔省和克勒兹省）发送给我的有关各个公司的资料了，它们条件都很好，我最喜欢其中的梭雷公司，我觉得那就是我要去的地方①。

我的实习快结束了，工作虽然有意思，但是让人身心俱疲。明天我将要去维修部和业务部工作，这是我实习工作中的最后一站。我和所有人的关系都不错，甚至和业务部那些和蔼的同事也处得不错。我终于不必操心我的生计问题了。

现在我想要找个适合我的女孩，我有点儿想结婚了。我对一个人的生活早已经厌倦了，并且就我现在的经济状况，如果有一个喜欢的女孩我可以马上向她求婚，然后我们会有很多可爱的小安托万，我怀着一腔浓浓的父爱……

我现在很健康。这应该要归因于在工厂工作时充足的休息时

---

① 大家推荐安托万作为苏拉卡车的代表。

间。这样看来，我还是不适合在小办公室工作，太压抑了。

妈妈，在我的生活里，最令我开心的一件事就是我有很多非常好的朋友，好到您难以想象。他们每个人都非常亲切，彭维每次见到我都会跟我打招呼，沙烈思也经常写信给我，他写的信总能触动我的内心，谢耿也是个人品非常好的人，而索辛兄弟，他们就是我的守护天使，还有伊冯娜和玛碧……

说到玛碧，妈妈，玛碧遇到了很可怕的事。您一定要给她写信。她才失去七个月大的女儿，又没有丈夫在身边——他刚离开法国，要在美国待三个月。现在可怜的玛碧正在去美国找她丈夫的路上。要是您给她写封信，不用很复杂，就写封很简单的问候信，她也会备受感动的。您知道信里要写些什么内容。妈妈，您也清楚，在我最需要帮助的时候，她向我伸出了援助之手。看在儿子的分上，您就给她写封信吧，安慰安慰她，开导开导她，让她不要那么悲痛。

我最近跟一个很久没见面的中学同学联系上了。他现在是海军士官，而且还是一个很有修养的人，阅历丰富，判断力强，是我很好的参谋。我们一起参加文艺活动，去看戏剧或展览，然后交流观点和想法。他的看法不仅很明确而且还很灵活，能再次跟他联系上我很高兴。

西蒙娜现在对她的信仰的理解越来越深刻了，也更加坚定了她的看法。她上次的考试得了第一名[1]，而且这是有很多人参

---

[1] 西蒙娜·德·圣埃克絮佩里在一所宪章学校学习。

加的考试，把她高兴坏了。这段时间她就放松自己，每天都睡到中午才起床。

当知道米玛身体变好以后，我很欣慰。我和她的小说要等到我实习结束才能完成，每天13个小时的工作量沉重地压在我身上，但您一定跟她说马上就好。

亲爱的妈妈，已经半夜12点了，我明天6点要起床，我不写了。温柔地吻您。

安托万

第五十七封

巴黎，奥尔纳诺街70号，1924年

我亲爱的妈妈：

谢谢您无微不至的关心和爱。我闻了闻您寄来的糖渍水果，阳光的味道扑鼻而来。但我还没敢穿您寄来的袜子，因为它们的颜色实在是太鲜艳了。

尽管我有点精疲力竭，但在工作上还是追求完美。原本我对汽车的概念很模糊，但现在清楚多了。我觉得不久后我就可以单独拆汽车了。

亲爱的妈妈，等我成功后，您会搬来巴黎跟我一起住吗？我现在住的房子太阴暗了，我压根都懒得收拾，所以也不好让您过来跟我一起住。

我的小说进度缓慢，但是我仍然不停观察周围的生活，思路应该是比以前打开了许多，现在我还在不断地积累需要的素材。

再过一个月，甚至不用一个月的时间，我就可以有时间休息娱乐了，但我现在的生活除了烦恼外，可是一刻空闲都没有。

妈妈，我的车子好像到保养的时间了，您可以帮我在里昂的银行开个账户存点钱进去吗？妈妈，在圣莫里斯的时候，我们一块讨论过说要存10000法郎进去，可是现在我发现就算存10000估计也不够用，因为我的车还要上车险，我还要添衣服。自从退伍以来，我只买了晚礼服和大衣，其余都是旧衣服。最后我第一个月的旅费要拖到月底才能付，而且，我也要重找一个住的地方。

妈妈，每次问您要钱您都是第一时间寄给我，从来没有拖过。让我也寄点东西给您吧，您要什么，尽管开口说。在您寄钱给我之前我应该省着点花了，早上早点起床应该能省点钱，因为早上太晚起床的话，我就得坐出租车去叙雷讷①上班，结果钱都用完了。

妈妈，我真希望以后能报答您，我真希望那一天早点到来，好让我偿还您付出的一切。虽然我现在还是像奴隶一样地给别人工作，但是希望您能对我有信心。

温柔地吻您，如我的爱。

敬爱您的儿子
安托万

请注意，我的门牌号码是70A，别弄错了。

---

① 他工作的工厂位于叙雷讷。

第五十八封

巴黎，1924年

我的好妈妈：

伊冯娜开车带我到枫丹白露去。散步很愉快。我在谢耿家吃的晚餐。

X回摩洛哥了。以下是我教育学生的成果：

他给我写道：

"……你跟我说的我都懂了。我原来搞不清楚的地方，经你教导，现在也清楚了；你启发了我，因为你知道如何思考，如何简单明了地表达自己的想法……

"……想到你对我的教导，还有你让我获得进步，我……

"……那天跟你说话的时候，我屡次感觉到，如果我想提升自己，向你看齐，需要付出多少努力……

"……你可知道我有多钦佩你，不论是你在过程中的努力，或是最后的成果……"

我有点想要借着他和外界有所接触，将他塑造成一个人。我对于自己对教育思考的理念获得成功颇为自豪。一般的教育体制什么都教，就是没有教如何思考。教写字、教唱歌、教能言善辩、教人如何感动，却从来没有教如何思考。大家被文字带着走，而文字却会误导人的感受。我要教他做人的道理，而不是教他书本上的知识。

我注意到当人们滔滔不绝或不停歇地用文字表述思想时，不过是要做些刻意的推论。他们像使用计算机那样使用文字，好得出一个正确答案，真是愚蠢。我们不该学习如何推论，而要学习如何不通过推论也能了解事物，不需要透过一连串的文字，文字会扭曲一切：人们总是那么相信文字。

我的教学方法越来越明确，可以著作成书了。这种方法，对于一个惯于表现的人来说，内心会很痛苦。一开始的时候要来场震撼教育，先将学生的所有都剥光，证明他什么都不是，就像我对X那样。

我讨厌那些为了自娱自乐而写作的人，他们尽是寻求技巧。要写作，就应该以文载道。

所以我先教导X，跟他说明他所写的文句如何造作和无用，不是他修辞不够，因为几乎没有要修改的地方，而是看待事物的角度不够宽广，基础不够扎实。他在要开始写作之前，需要改变的不是风格，而是他的内在——他的智识和他的看法。

我先让他从厌恶自己开始，这是苦口良方，我是过来人；后来他终于发现看待事物和了解事理可以有不同的角度，这时他才能有所作为。他对我感激不尽……

我要停笔了,时间到了。

我衷心向您吻别,如我爱您那样。

尊敬您的儿子
安托万

第五十九封

巴黎，1924年夏

我可怜的妈妈：

我收到迪迪的信了，我非常担心。没想到她[1]会病得那么严重，您想不想见我，想不想让我回去？为什么病得这么突然？

要是您想我回去，回信的时候就写个便条告诉我，那么我星期六就可以出发。而且现在的境地让我感觉非常疲惫，我想回到我那令人感到安心温暖的家好好调整一下。并且我刚好在里昂还有些事情要处理。我要在里昂待上几天。

至于碧许的变色龙，如果带不了的话，我会周六寄给她。

我就此停笔了，亲爱的妈妈。全力地吻您，同样也吻米玛、迪迪和西蒙娜。

安托万

---

[1] 安托万的姐姐玛丽·马德莱娜·德·圣埃克絮佩里，两年后去世。她的叙事集描述的大约是花和动物，并于1927年，在里昂的书店拉尔当谢刊登，标题为"比什的朋友"。

第六十封

巴黎，1924年夏

我亲爱的妈妈：

您的来信，就像一粒定心丸。那天晚上我接到西蒙娜打来的电话，说要告诉我一个不好的消息，我急得立马去给您发电报，幸好幸好，我收到了定心丸。

可怜的妈妈，您什么时候才会考虑稍微让自己休息一下呢？愿意来亚贵或我这里休养几天吗？虽然天气不是很好，但这不要紧，有我们在呢，我们会照顾您！

现在我在办公室里给您写信，我正在拆阅未来客户的文件资料。这个月我要离开这里，到蒙吕松出差几天。我希望我的事业能够蒸蒸日上，我的公司很不错。如果您能有一个平稳的心情，再加上米玛的病如果能好起来，那我就没任何事好担心的了。您为我和米玛操了太多心了，让我非常内疚。周日我在奥利开飞机的时候，有一只耳朵突然听不见了，不过现在好点了，正在缓慢的恢复期。等哪天我发财了，我定会买一架私人飞机，到时候我就开去圣拉斐尔看您。

昨晚我在雅克舅舅家吃的晚饭，我觉得他们是这个世界上最善良的人。一位俄罗斯女郎让我抽出一张塔罗牌,她预言说我以后会跟一个年轻的寡妇结婚,这让我觉得十分困惑。

再见了我亲爱的妈妈,长吻您,如我的爱。我也一样爱米玛。

敬爱您的儿子
安托万

第六十一封

巴黎，1925年

我的好妈妈：

愿您新的一年心情舒畅，老天保佑，这应该不是一件难事。

如果还能回到南部和迪迪、米玛与您重聚，特别是您，我想我会高兴死的。

但是，妈妈，我现在只有50法郎了，因为我这个月第一是把房租付了，是250法郎，除此之外，还还了别人50法郎。亲爱的妈妈，我一向出手大方，这次我好不容易那么节约，真可谓是处心积虑了。成为您的重担真是对不起，至少现在您可以不必给我旅费了。

妈妈，我现在还没下定决心要不要回来，这个决定很难做，我好纠结。但是如果答案是回来，可能我会更纠结了，因为我回来可能又要向您要钱了，我真不喜欢老向您要钱。

可过日子要花钱，您寄来的钱可以帮助我付清房租，减轻我的负担！

亲爱的妈妈，我特别讨厌自己老是这样向您要钱而无法好好照顾自己，所以我认为花350法郎才能和您待一两天，是实在划不来的任性之举。

温柔地吻您。

敬爱您的儿子

安托万

第六十二封

巴黎，1925年

亲爱的迪迪：

请替我谢谢西蒙娜，她今早寄了张照片给我，它是那么动人，看到它，我旅馆的房间仿佛都亮堂起来了。迪迪，我以后也会送你一个这么美妙的礼物的。我有点想结婚了，像你一样也生一些可爱的孩子。但这是两个人才能完成的事，到目前为止我还是一个人，不知道是哪个单身女人在等我。

我很满意这份工作，在这儿也很开心。要是我能够卖掉足够多的车的话，今年夏天我就可以乘车去亚贵，然后带你在南方逛一逛了。开着雪铁龙出发，花我之前用极速车换来的钱；或许只有飞机能让我好受点儿。

另外，我还希望能有个小公寓，这样你们一家人来巴黎的时候就可以住在我那儿。

迪迪，你要原谅我没给你写更多的信，因为我没有你的地址，而且我们也离得太远了。分开的这两年，我们只有八天是在一起的，不知道你最近过得怎么样，还有你的宝贝儿子怎么样了呢？我都还没见过呢。

当然，我内心是不想这样的，因为我心里是喜欢你的呀。西蒙娜回心转意了，她又找你儿子想复合，我没同意。你儿子还很年轻，况且姑姑和侄子之间不合适。

西蒙娜对中世纪的手稿很感兴趣，她研究黑奴，就是为了那些小事儿。

至于我，这星期会去北方出14天的差，目的就是为了更好地了解本地的同事。我们每天还要飞行150千米，可我一点都不觉得厌倦。

现在我过着平静的生活，尽可能多地去看望朋友，他们让我很快乐，也让我得到慰藉。

现在我还是单身一人，但是我在等着我的那个她，她应该是一个既聪明又漂亮的姑娘，活力四射、快乐无比、坚贞不渝。她一定不舍得让我苦苦寻觅，她会在某个时间来到我身边的。

我追过的女孩子都很无趣，像科莱特、波莱特、苏茜、黛西、盖比，她们都一个样儿，相处两个小时后就会让人厌倦，看来还是要等下去啊！

就写到这里吧。

再见，迪迪，紧紧地拥抱你。

你的老哥哥
安托万

第六十三封

留局提领，蒙吕松（阿列省），1925年

亲爱的妈妈：

我现在到了蒙吕松，这个城市的节奏非常缓慢。这里的人晚上没什么夜生活，9点就睡觉了。尽管工作节奏慢，但明天还是要正式开始工作，希望一切能够顺利进行。

不要因为我写给迪迪的信而生气，那时的我失望透顶。以前我跟您讲过那几个女孩儿，我都把她们当成朋友。起初我以为能在她们身上发现我需要的东西，但结果却没有，这样的感觉让我很失望，我无法忍受。并且我发现原来她们的幽默风趣都是有意为之，这让我感觉失望透顶。于是我就开始讨厌她们，生她们的气，最后和她们分道扬镳，不了了之。我最终抛弃了这么多人，不是我的本意，实在是没有办法。

我现在在外省一个小旅馆的迷你客厅里，对面那口若悬河的男子，自以为风流倜傥，据推测他是葡萄庄园的庄主。他总是大声说话，就像吵架一样，尽说些乱七八糟的没什么实质性内容的东西。这种人我不能忍受，要是我未来的妻子喜欢和这样的人往来的话，我可能会变成全世界最悲惨的倒霉蛋了。因为我的妻子只能和聪明的人来往。现在不可能,再也不可能去Y家了,因为我不太会在那样的场合说话,一定得有人教我。

实在不好意思,您不想听到X的那些事,可我还是写在了信中,不该让您不开心的。我对那种教育方式从来都是嗤之以鼻的。那种所谓的教育方法只会用动人的语句来感动人,在这个基础上帮助教育者和被教育者达成一致。但这些"动人的语句"都是借口,只会误导人。我只对有自己风格的,在视觉上或听觉上能刺激我的书或情景感兴趣,而不喜欢那些……

妈妈,我有一些非常了解和喜欢我的朋友,我也同样喜欢他们。这说明别人没把我当空气,我还是有一定的存在意义的。现在的我虽然还是浅薄的话痨和玩主,但是我懂得了学习的乐趣,我学会了不再忍受夜总会的吵闹。如果交谈没有什么实际内容的话,我就不想开口,因为这让我感到很无趣。您不必让我详细跟您讲他们的那些事,太多余,讲了也白讲。

我只要您知道,我尽力想要做到的样子和我原来的样子是完全不同的。您误解了我写给迪迪的信,我那时候是恶心,而不是厚颜无耻。因为写信的时候是晚上,每天晚上我都会对一天的学习做一个总结。当总结完如果我发现我那天一无所获,我就会特别厌烦那些剥夺我机会或者让我信任的人或事儿。

最近没经常给您写信,您可不要难过。日常生活没什么好写的,每天都差不多;内心世界又一言难尽,真的太自大,有点不太好意思说出来。内心世界的重要性超出您的想象,那是唯一重要的事情,它能改变价值观,改变对世人的看法。如果我因为一点点小事儿就感动得流泪，他们就说我是一个"善良的好心人"，对我来说没什么。要真正了解我，就必须看我的文字，那是我这一路上的见闻，也是经过精心思考后才写出来的。只有在安静的房间或小饭馆里，我才能悠闲自在地用心表达自己，而不是依靠一些虚无的表达形式和文学手法。这样的表达我才觉得踏实，这才是表达真情实感的创作。那种需要通过刻意的视觉或听觉的刺激来激发想象力的写作我忍受不了。曾经崇拜的好几个作家，以前每次读他们的作品的时候，很轻松地就能让我的精神世界得到满足。但是现在我不喜欢了，他们的文字大概就跟您说的咖啡馆里演奏的音乐一样无聊，现在我真不喜欢他们。总而言之，没有真情实感的表达，就像千篇一律的庆祝新年的文字一样，您应该不想看到我老给您写那样的信吧。

我一向都严于律己，我也清楚自身存在着不少有待完善的地方。我也不卖弄，只诚实地写下所见所想。您觉得我给您写在雅克家洗澡或吃饭的见闻怎么样。我和您的观点大相径庭。

亲爱的妈妈，我是真心实意爱着您的。您要谅解我把一切藏在心里，没有表现出来。有时我也想要流露出真情，但是这看起来实在是很愚笨。因为要向别人表现自己，是需要拿出丧失尊严的勇气来的。现在世界上除了您大概没有人真正了解我的内心了，哪怕一点点，只有您是了解我最多的。Y说我是话痨又浅薄，您应该知道我是什么样的人。

妈妈，诚挚地吻您。

安托万

第六十四封

巴黎，1925年

亲爱的妈妈：

我刚刚回到我的住处——巴黎奥尔纳诺街70号。经过蒙吕松的时候，我已经收到您寄来的两封信。亲爱的妈妈，您真是太好了，您是我的好榜样。

我最亲爱的好妈妈，我结束了长达十天的单人旅行。在这途中，我没给您写信，当我去邮局取信发现您的两封信时，我真是高兴极了，比收到其他任何人的信都更兴奋。我刚下了一列火车，现在正等着要坐另一趟，在这空当里我读了您的信，就在一家迷你的外省餐馆里。妈妈，尽管我很少跟您说些一直埋藏在我内心深处的话，平时也说得不好，但现在我必须告诉您，我是多么喜欢和爱您。可能我这么说有点夸张，但像您这样的爱，我认为是要用心去了解的。每一天每一分每一秒，您对我们付出的实在是太多了。现在是我们报答您的时候了，您该享享福了，过去是我留给您太多的孤独，我一定要多陪陪您，成为您的知心好友。

在这次的旅行中，我坐小型火车去了很多小城镇。我常常静静地坐在小咖啡馆里,看大家聚在一起玩一种以10点为最大牌的纸牌游戏。萨勒是个性格温和、平易近人的朋友,星期天他会来这儿看望我。那天我们一起去一个叫"DANCING"的舞厅跳舞,这个舞厅有其独特之处:它每周只开一次。在那里,妈妈们会把身穿粉色或蓝色衣服的年轻女孩们围在中间,邀请店主们的儿子一起跳舞。我遇到了一个超级棒的小提琴手,他曾经为科隆音乐厅效力,但现在却心甘情愿地在蒙吕松这样的小城镇里演奏。他是萨勒和我的偶像。

我还遇到一个跟我一样漂泊在异乡的人,但他是因为亲人的离去而独自来到这个陌生的城市的,他不乖乖去学校念书,现在成天一副无所事事的样子。杰尼斯说他这是自寻死路。之后我们一起下棋,他带我去了他家,里面乱糟糟的,简直没法住人。可惜了他的绘画天赋。说到画画,您的作品呢?

全力亲吻您,亲爱的妈妈,来看我吧,好不好?

敬爱您的儿子
安托万

第六十五封

巴黎，1925年—1926年冬

亲爱的妈妈：

我刚开车回来，车上特别冷，手脚都快冻僵了。午夜时分，我才到家，脱下帽子扔到床上，一个人坐下来，感到特别孤独。

我刚找到了您的回信，现在只有您的信陪着我了。妈妈，您可能要说，我最近怎么都不给您写信啊，真是个坏家伙。而且柔情对我也没了作用。但是，我不说是因为有些东西太难表达了，我一直把这些放在我心里面，从未消失过。您要相信我对您的爱。

由于我的车出故障了，我只能在巴黎草草地应付一晚。当我到达那里的时候，简直就是个非洲勘探者。我打了好几通电话给几个朋友，想请他们帮帮忙，可结果不是这个忙，就是那个不在家。他们的生活如常，可我却不期而至。好不容易联系上了艾斯科，只有他有空，刚好他也一个人，我们就去看电影了。

妈妈，这就是我需要一个妻子的原因，她能安抚我的不安。您一定不知道现在我的心情有多么难受，您也不了解一个妻子能给我带来什么改变，我现在才发现年轻真是一无是处。

我在房间里，特别孤独。

但是妈妈，您也不要认为我一个人克服不了这样的孤独和忧伤。我每天的生活都一样，只不过是回到家打开门，脱下帽子扔在床上，然后一个人坐着，感受时间的流逝。

如果我每天都在写信，我会开心，因为至少我还有事情可做。

现在唯一能让我开心的事，莫过于听到人家夸我年轻。因为我是如此需要年轻。

可是，我不喜欢像S一样的人，真是太不思进取了。人不需要知足常乐。但是我又恐惧婚姻，不知道我的妻子会是个什么样的人。

人需要信守承诺，但她却逃跑了，因此需要20个女人来顶上她的活。我希望现在就可以释放这种压抑。

外面天气很冷，结起了冰，光从玻璃透过，冷冷的。我想街上的景象不用修饰就可以拍出一部精彩绝伦的电影了。那些拍电影的都是傻瓜。他们不知道观察，甚至连摄影器材都不懂怎么操作。我觉得一个简洁凝练又有意境的画面，最多只需要拍下十张脸或者十个动作。但是他们不会总结，只知道拍照。

妈妈，我还想留足精神来工作，我也还有很多话要跟您说。但是每次晚上一回到家，卸下一天的包袱，就累得要死，马上就睡着了。

我很久没出门了，我要出门了，我想去换掉我的车。

温柔地亲吻您，妈妈您放心，我还没有到无法摆脱目前困境的地步，依旧祝福我吧。

安托万

第六十六封

图卢兹，1926年—1927年冬①

亲爱的妈妈：

估计这些天要去一趟摩洛哥，所以最近几天您最好别来，以防我不在家，可能明天我就离开了。

我向别人借了1000法郎，但是由于要预先交房租，而且我买了些飞机修理工具，基本上就花了1000了，没剩多少钱了。您可不可以电汇1000法郎，我下个月底就还您（冬日我每月有4000法郎）。要是没那么多钱，那您就看着办，多少都可以。我身上现在只有几百法郎，不够以后去摩洛哥的开销。可能是明天走，可能是五六天后，这还不确定，唯一确定的是我已经收到要去摩洛哥的通知，只等上级确定离开的时间。

我现在的工作是在图卢兹验收飞机，试飞效果还不错，都挺令我满意的。这儿的同事们也很好相处，个个性情温和、幽默机敏。

---

① 安托万刚刚进入拉特科赫公司，其总部当时位于图卢兹。他是图卢兹到达喀尔线航线的飞行员。

今天就写到这儿吧,我现在有点儿困了,很想睡觉,明天再写长信吧。我今天一直都在飞,五分钟前才能从容地给您写信,因为这件事得尽快跟您说,身上没钱我会发慌,而且我可能会在那儿待一个月。

温柔地拥抱您。

明天见。

安托万

第六十七封

图卢兹，1926年—1927年冬

我的好妈妈：

我就要出发了，身上却没钱了，您能寄点钱给我吗？没钱真是寸步难行。

我建议您等两个星期再过来，因为如果现在来的话，您很有可能会扑个空。您来的时候要记得带上粉彩和新的画布，还有大围巾和暖手笼。我会在图卢兹跟您会合，然后带您去阿利岗住下，那是一个遥远的西班牙小村庄，远得要坐八天的车才能到。在阿利岗您可以住在飞行员宿舍，我会付好钱的。您可以无忧无虑地在那儿休息两个星期，画一画动人的海上夕阳。隔三天我就会过来陪您，不过只有一个下午的时间。您要是玩够了，咱们再一起回法国。所以，请您马上就去办西班牙的护照好吗？因为还要跟市政府申请。

我一切都很好，就是有点无聊。

温柔地跟您吻别，像我爱您那样。

敬爱您的儿子
安托万

第六十八封

图卢兹，1927年

我的好妈妈：

我写了两封信寄给您，但一封回信都没收到，我猜大概是因为您把信寄到那边去了。天亮之后我就要前往达喀尔，太棒了，我可以开一架飞机去阿卡迪，回来的时候再搭另一架。全程5000千米，不算长。

亲爱的妈妈，与您在这时分开我很难过。但愿再次见到您时我已经是一个收入稳定的男子汉了。等过几个月我可以请假的时候，就会回家，请您吃饭。

您最近如果读到什么好书可以寄几本给我，正好我也在给法文杂志写稿子，多看看可以多点灵感。

长吻您，如我的爱！

敬爱您的儿子
安托万

第六十九封

达喀尔，1927年

我的好妈妈：

　　我到达喀尔了，过程还是比较顺利的，虽然中间飞机出了点小故障，临时停靠在了附近的一个沙漠上，幸好有同事及时赶到，带我们到附近的一个法军小堡垒过了一夜。那个小堡垒好像与世隔绝一般，管理的中士说他们有好几个月都没看见过白人了。

　　我还看到了传说中的摩尔人，他们长得奇形怪状，穿蓝色的衣服，头发长且卷。他们没有看见过飞机，就到朱比角、阿卡迪和西斯奈洛庄园去看。他们可以在飞机前面站好几个小时，就这么一言不发地看着。

　　我24日才开始飞这条航线，去往达喀尔的航线沿途的风景都非常漂亮，但是达喀尔这个地方没什么可看的风景。

　　送信的时间快到了，我只能写到这儿了。错过了这次的送信就要等上一个星期了。以后只要快到送信的时候我都会给您写信。

　　温柔地跟您吻别。

敬爱您的儿子
安托万

第七十封

达喀尔，1927年

我慈爱的妈妈：

24日我要送一封信去塞内加尔，可能要离开这里一段时间。在这之前我在达喀尔过得很好，到处都很受欢迎，有人甚至还邀请我跳舞。再不走的话，我就真的会把魂儿丢在这儿。

这里的天气比较热，但还可以忍受。比较起来，我还是更喜欢法国的寒冷，那种冷很奇怪，它有点儿冷但还是会出点儿汗。在法国我永远都不知道该怎么穿衣服，是穿多点儿还是穿少点儿。

我一有时间就想要给您写信，写信就是为了等着您的来信。可是到了月底了您的信还没有来，我有点儿难受了，即使没有信，能收到您的一句话也好啊。因为，慈爱的妈妈，您是我心中最难割舍的温情。这种感觉直到一个人在外漂泊时才会感受到，您的爱就是我最温暖的避难所，看到您的来信我所有的愁绪都消失了。现在我的桌子上还放着您画的铅笔画、那枝还没长好的榛子树枝，还有在阳光下您那张微微俯身的照片。每次看到它们我都很欣慰。这三年来您寄来的信我都保存下来了，珍藏在抽屉里。

因为不知道您的地址,每次我都在信封上写"请转到圣莫里斯",希望不会耽误寄信的时间。妈妈,您能把您的详细地址告诉我吗？

如果您要给我寄信,不要走海路,那要很久,可以寄航空件,请写"图卢兹拉特科赫航空公司转机寄至……"如果寄包裹的话就要:先空运至达喀尔,然后去邮局询问一下邮费,因为我也不知道图卢兹是否可以免费转寄包裹。

妈妈,下次来信的时候能不能跟我说些家里的情况,还有我的姐妹们的故事。

长吻您,如我的爱。

敬爱您的儿子
安托万

第七十一封

达喀尔，1927年

我慈爱的妈妈：

我甜美的迪迪：

我可爱的皮埃尔：

这是一封寄给大家的信，因为在我心里，家是最温暖的，收信的就是你们大家。

我的飞机出问题了，我只好住在塞内加尔的黑人家里。我给他们果酱吃的时候，他们的表情很震撼，因为他们从没有见过欧洲人和果酱。当我躺在床上休息时，几乎全村的人都来看我，差不多有30个人。

休息了一会儿，凌晨3点的时候我就离开了。在皎洁的月光下，我带着两个向导，骑着马，我们看上去就像三个探险家一样。

迪迪、皮皮，过两个星期我会给你们空运几个鸵鸟蛋，你们要先准备好孵化器。这些鸵鸟很可爱也很容易养，可以喂手表、银制品、碎玻璃和扇贝扣，只要是亮晶晶的东西都可以。

妈妈，我听说您去找人来给我占卜了，这是怎么回事？您认为我要骑摩托车去撒哈拉干什么呢？您对这件事居然深信不疑，这可不像去布隆尼森林这般容易。占卜都是骗人的，如果占卜的结果是好的就算了，如果不好我担心会影响您。

谢谢您的书。

长吻你们，如我的爱。

安托万

第七十二封

达喀尔,1927年

我慈爱的妈妈:

我估计您正在圣莫里斯呢,我好想见您。想着想着就有股冲动要回国看看,可是要到什么时候才能实现呢?

达喀尔的气候一直都是让人感觉比较舒服的,我在这儿过得很好。每天的日子千篇一律的,唯一的变化就是每天会在空中飞来飞去,去不同的地方送信。

您过得如何?我觉得我的家庭很幸福,我有一个慈爱的妈妈,一个可爱的外甥。达喀尔是诸省中最为富庶的。这儿的人们十分沉闷,什么事也不想,既不会难过,也不会高兴。他们的思想没有任何色彩,一片阴暗。在这种时候,我就特别希望能遇见一个和我志同道合的人,他要会思考,有感情,有爱心。

这是个悲观扫兴的地方,找不回昨天,看不到明天,也没有制度,在这儿不可能生存得下去,完全是摩洛哥的翻版。我已经对塞内加尔不抱任何期待了。

住在这里也没有一个小时是让人舒心的。没有曙光,没有晚霞……阴沉沉了一整天，连夜晚都是潮湿的。

而且这里的闲话和八卦比里昂的难听多了。

我要停下了。我把这封信和其他的一起寄出。

长吻您，如我的爱！

安托万

第七十三封

达喀尔，1927年

我慈爱的妈妈：

我收到了您的来信，可是却没写地址。最近我也就是跳了一场舞，没干什么特别的事儿。再者就是这封我的亲笔信，明天将由我亲手送到朱比角。

达喀尔毫无变化。我认为没必要进入非洲内部，探寻像里昂那样的广袤的郊区……

我希望从朱比角回来的时候，可以和同事一起抓鳄鱼，那应该是一次有趣的内陆探险。

现在能给予我最大安慰的也就是我的这份工作了。

我在写一大篇N.R.F[1]，但是我觉得这个重要的故事写得磕磕巴巴的，不太连贯，等我写完了，我会寄给您，您帮我提提意见。

今天的信没什么大事，都是小事，因为我现在一点儿想法也

---

[1] 代指《南方邮件》。

没有。在这个国家就是这样，唯一的好处就是离家比较近，您能经常收到我的消息。

长吻您，如我的爱！

安托万

第七十四封

达喀尔，1927年

我慈爱的妈妈：

这个星期报平安的短信又来了。日子过得很顺心。我要把对您的思念之情都告诉您。我的好妈妈，您是世界上最温柔的人，这个礼拜都没有收到您的信，我感到不安。我可怜的温柔的妈妈，您孤孤单单的，没有人陪，我真的好想您，但是我们又离得这么远。我真希望您能来亚贵。等我回来的时候，我会做个理想的好儿子，与您共进晚餐，逗您开心。每次您到图卢兹来，事后我都自责没能帮到您，不会体贴您，没能好好招待您。

但是我要告诉您，除了您，再没有其他人，如此温柔地出现在我的世界里。我想念您的一切，您最能让我开心，您会唤醒最深沉的我。您的所有东西都让我觉得温暖，包括您的衣物，您的大围巾、手套，每次看到它们我都觉得很安心。

妈妈，您要相信，我们未来的生活一定会很灿烂的。

长吻您。

尊敬您的儿子
安托万

第七十五封

达喀尔，1927年

我慈爱的妈妈：

我希望您已经在南部了，这样我会为您感到高兴。

我寄给您一张我的小照片，您看看照片里的我，是不是看起来又甜美又可人，像个小男孩一样？

达喀尔是一个遥远的地方，我很高兴能生活在这个国家。每个人都告诉我，今晚我订婚了。但是我觉得我现在是最幸福的人。

这里的风俗很奇怪，人们只会和爱人或未婚妻外出，我竟然一点都不知道。

我收到一张通知说您给我寄来了包裹，明天我就去邮局取。您真是太好了。明天刚好是我送信，所以在拆开包裹之前跟您说一声。

长吻您，如我的爱。

安托万

【附言】另外，我没收到一封信。

第七十六封

埃蒂安港，1927年

我慈爱的妈妈：

我现在在埃蒂安港，这儿恰巧有三所房子建在沙漠之中。我就在房子里给您写信，我们15分钟后就走。

上星期我抓了一头狮子，但我没有打死它，只是让它受了些皮外伤。我还和我的同伴们一起抓到了其他的动物，比如说野猪和豺狼。我们开车在毛里塔尼亚的撒哈拉沙漠边境走了四天。在通过荆棘丛的时候我们也一点都不怕，好像开的是坦克一样。

有个摩尔酋长邀请我去布提利米特。他可能会帮助我开拓新航线，带我潜入敌方营地。真是刺激！

最近挺好的。莫诺特如何？我要回于贝尔舅舅的来信[1]，并给他寄些邮票。

撒哈拉的气候总是宜人，可也有热死人不偿命的一面。但

---

[1] 于贝尔·德·丰斯科隆布是圣埃克絮佩里夫人的兄弟。

夜幕降临,却到处渗水,很奇怪,这是当地的怪事,不过很有魅力……

　　我慈爱的妈妈,长吻您,如我的爱!

安托万

第七十七封

中途着陆站：朱比角，1927年

亲爱的老哥哥[1]：

在写这封信之前我去游了个泳，游泳时我想起了你、迪迪、亚贵，还有法国，我一直都很爱我们的国家。正如你能想象的，今天晚上我就是个心事重重的少女。

看着波浪翻腾的海面，我的心越发迷茫疲惫。但是，只要一想到是给亲爱的哥哥写信，我就一点儿也感觉不到累。我们这里有像浴缸那么大的水母，但还好它们比较温顺，很少主动出击。都是玩水，但是相比较洗澡，我还是更喜欢去沙滩和划船，这听起来还真有那么点儿高尚呢。于是我走下船踏上沙滩。这里的人都住在沙滩上西班牙式的城堡里，很坚固。他们经常到海边来玩。在离海边少于20米的地方还是安全的，我一天中也会去那里散好几次步。但是如果到超过20米的地方，你就可能遭到枪击。如果超过50米的话，你可能被遣送回家或是变成奴隶。不过命运还是跟季节有关系的，在春天，如果你讨

---

[1] 这是写给妹夫皮埃尔·迪·阿盖的信。

人喜欢，你就有运气成为苏丹的后妃。活着总是比死了好。你也有可能成为总太监，然而这是令人更加讨厌的。

两周前，那时在场的同伴们救了许多的游客。唉，因为我们是轮流值班，所以那时我的设备在达喀尔。因此当我们到达那里时，游客们都已经得救了。如果那时我还在朱比角，那么我就是家族的荣耀了。

昨晚，夜色漆黑，我的心情有点儿小波动。那一天晚上跟其他夜晚一样，我们在谈论《圣经》中关于暴雨的章节时，外面正下着夹杂着沙砾的暴风雨。就恰如蓬松·杜泰拉伊说的那样："外面狂风的号叫应答着波涛的悲叹声。"但是我在前一天的饭局上结束了他们的短途旅程，他们得到了自由。在朱比角没有厕所，在撒哈拉沙漠那里只有结实的院子。我也选择了去撒哈拉沙漠然后离开（因为我们在那儿有独立的大屋子）。

这在其他地方是不被允许的。

所以，当我听到脚步声时，我的低声诉说与暴风雨的狂吼混为一体。看不见两米开外的任何东西。就像蓬松·杜泰拉伊在侯爵夫人入侵那个章节说的那样，我的血液只是循环了一圈就立刻凝结了。

我来到这里之后，外出时总是和我的两个哨兵一起。我和其中一个很快就变成了很好的朋友，我们总是一起返回。但是这次我没有左轮手枪，因此我只是保持沉默，慢慢后退离开了。

在墙壁的高处，一个看起来又傻又坏的哨兵像个醉汉一样在大喊。在西班牙，他们总是被督促要礼貌（所有的暗处都会有督察的影子），在西班牙我只会说"噢"。到了这儿以后，我也是尽我所能地回答："伙伴……老伙伴……我童年的朋友啊。"而且为了安全起见，我总是趴着躲在背朝大海的地方，我就那样回来的。当我推门时，他就开枪了。我松了一口气！

迪迪问我做了什么——做了好多事啊，我穿梭于未屈从政府的撒哈拉沙漠：如达喀尔—朱比角。从撒哈拉沙漠开始越过塞内加尔，就到了法国的毛里塔尼亚，离开那里就是西班牙的地界埃蒂安港了。从卡萨布兰卡到朱比角的人关于朱比角到阿加迪尔这一段的分裂都有各自的立场。

这是非常光明正大的。去年他们杀了两名飞行员，并且就在1000千米处，我非常钦佩那些打枪的警察。几千千米之内都很安静（因为我们要来回在2000千米处拿信件）。

在沙漠里，我曾出过事故，但我同组的人及时救了我（我们开两架飞机）：我在有硬沙的地面上着陆。如果我没有被及时救起来的话，那就一点都不好笑了。乌拉圭人向我们讲述了要是他们碰到法国人就会杀了法国人的故事。我们有好几次都差点发生了这种情况。要是我知道，我会变得特别有礼貌，就像那天当我伤害了我的狮子，还有我的温彻斯特发生故障时，我总有很多借口。我不再和我的狮子们打打闹闹了，因为它们好像讨厌受伤。这些畜生太敏感了，但是我在车上，我有个绝妙的主意支持克拉克森，结果也不错。因为我在撒哈拉沙漠的毛里塔尼亚追逐狮子。我们一直在沙漠里行走了四天，开着车子不停地在沙丘上转圈，找不到一点可以辨认方向的痕迹，甚至连骆驼走过的脚印都没有。我们住在简陋的临时居住地,在那里,我们的旧车出了问题,后来又修好了。当我们碰到人群时,我们征用了一些绵羊。这是上帝赐予我们的生命啊!

我写了这封详细的信给迪迪,然后我在一本书中找到了一封信,只是她能收到信吗?

皮埃尔,现在已是午夜了,我不想再打扰你了。你要睡了吧!

让我紧紧拥抱你!

安托万

【附言】我的任务主要有:和摩尔族人建立关系并且尝试一次旅行(如果有可能)。我拥有飞行员、大使和探险者的技能。我此时正在策划让我的飞机着陆在"熊窟"。如果这些都被安排完毕,我会回到那里。多么想念你们啊!

我没有收到妈妈的来信。亲切美丽的迪迪写信告诉我了,我尝试了两次……我知道妈妈生病了,这让我很烦恼,快回我的信吧。

【附言:达喀尔】

我发现一个秘诀,妈妈写留局自取的信。这样也行,别跟她说什么。

如果你有机会来这里的话,我会很乐意请你喝杯东西的,我会很乐意实现我的承诺。一个人真的好烦啊!要是我能像在这里一样,在亚贵度过一年该多好啊!

当达喀尔夜色宁静的时候，它非常美丽。和你一样。

为我找一个赏心悦目的姑娘吧！这样会让我开心，因为这将有利于我的后代。如果她富有，你可以得到嫁妆的一部分，但如果她是漂亮的那种，你可以有……的一部分。不，没有。你是大色狼。

我还没睡意呢！一想到过去快乐的时光就越发感到现在的我异常孤寂。

你此刻……色狼！（不是有小女生单单对着你说："啊，确实是，你引来了一个色狼！"）

你的小女儿有没有对你说："啊，这样啊，你和萨提尔相比就是本地人啊！"

晚安。

你一生至少要写一封信吧。上帝会把它还给你的。（我不想说他会给你写信，但是也许他会惩罚你让你头发变长！）

安托万

第七十八封

朱比角，1927年6月

我慈爱的妈妈：

我刚接到临时通知，几个小时后我就要出发了。刚刚我才把行李紧赶慢赶地整理好，给您写信的时间是硬挤出来的。

我现在是朱比角飞机场的领导，这儿的生活像修道院般清苦。最近一切都很顺利。现在正等着我的是几架要试飞的飞机，还有一堆要完成的表格。这里的环境完全有助于我的康复。①

昨天我记录了一份当地的地形坡面图。这本是不符合常理的，还有一位摩尔族的酋长护卫跟着我一起去。他是个好人，我想等我认识了更多像他这样的人后，我就可以在周围多走走了。现在我偶尔划划小船，呼吸新鲜的海风，或是与西班牙人下棋，我很厉害，老是赢。

---

① 圣埃克絮佩里身染登革热病，使他有段时间患风湿病而无法动弹。

您最近如何？在孔布勒①吗？长吻您，如我的爱！

您的孝子

安托万

---

① 1914年—1918年战争期间索姆市被夷为平地，圣埃克絮佩里夫人在那里发起了慈善事业，接济灾民。

第七十九封

朱比角，1927年

我慈爱的妈妈：

您知道我现在过的是什么样的生活吗？我在撒哈拉沙漠，这儿是全非洲最偏僻的角落，方圆百里荒无人烟！

我们的小屋离海边很近，涨潮的时候海水甚至能把小屋全部淹没。在敌营哪有自由可言，晚上我靠在像牢房一样的窗台边看外面，海水就在我们脚下，离得那么近，就像坐在船边一样。整个晚上都能听到海水不知疲倦地拍打墙壁。

沙漠将我们的屋子夹在海水之间。

房间里几乎没什么像样的东西，只有一张床、一个脸盆和一个水罐。那张床也就一块木板加上一个薄垫子。除此之外就只有一个打字机和几张纸了。每隔八天，就有飞机飞过。然后就是连续三天的平静。我的飞机在起飞时的感觉，就像第一次走出巢穴的小鸡一样，提心吊胆的。直到广播站通知飞机已中途停靠在距此1000千米开外的中继站，我才舒了一口气。然后打点行囊，寻找迷路的飞机。

每天我都会拿一点巧克力给这里的阿拉伯小朋友吃，他们很聪明很可爱。沙漠的小朋友非常喜欢我。其中有个个子小小很有教养的女孩子特别有爱心，看起来像印度的公主一样。在这儿我也慢慢地交到了一些朋友。

每天都有一位伊斯兰的隐士来教我学阿拉伯语，我现在已经会书写了。我给这里的摩尔酋长送了一些绝顶的好茶，他们就邀请我到离住处两千米外的帐篷里喝茶，至今还没有哪个西班牙人获此殊荣。有时候我会越走越远，但是也没有关系，不会危险，因为附近的人都认识我了。

我躺在他们的地毯上，看着帐篷缝隙里隆起的静逸沙漠。酋长的儿子们在太阳底下光着身子游戏，骆驼在帐篷旁拴着。一种从未有过的感觉袭上心头，既不远似天边，又并非被人冷眼旁观，可以说是一种莫名其妙的心情。

我的风湿病比来这之前更好了，但是好得比较慢。

您呢？我慈爱的妈妈，您在另一片沙漠上和您收养的其他小家伙还好吗[①]？我们之间隔着好遥远的距离。

遥远到好像我已经回到了法国，享受一家人在一起的天伦之乐，和老朋友在圣拉斐尔野餐。每个月的二十号，每当从加纳利群岛给我们补给的帆船来到的时候，我早上推开窗，地平线上扬起一张纯白的帆，美丽得像一块洁白的新布，把单调的沙漠装点得异常动人。这让我想起了家乡最私密的洗衣间，和我们家的老用人，她总是把那块白桌布洗得干干净净，散发着香

[①] 暗指圣埃克絮佩里夫人在孔布勒担任的女社会福利员。

气,再把它熨得没有一丝褶皱,整整齐齐地叠好放进柜子。我的船帆在海面上温和地摇晃着,像是一顶烫过的布列塔尼帽子一样,简洁文雅。

我驯服了一只变色龙。我在这的工作就是驯养,这个词很美,很契合我所做的事情。我的变色龙像来自诺亚时代大洪水以前的动物,它很像梁龙,动作非常迟缓,具有人类的慎重,常常沉浸在没完没了的思索中。它看起来像是夜间动物变的。每天晚上我俩都一起做梦。

我慈爱的妈妈,长吻您,如我的爱。给我写信吧。

安托万

第八十封

朱比角，1927年12月24日

亲爱的妈妈：

我最近很好，少有新鲜事。要说有的话，可能也就是摩尔人之间的小摩擦了。这里的摩尔人怕其他的摩尔部落要来攻打，所以枕戈待旦。摩尔人每次交战的结局都是一样，不外乎就是被对方掳走了四只骆驼和三个女人。因为摩尔人在备战，所以一到晚上，每五分钟就会发射一次火箭，巨大的光亮把沙漠照得如同白昼，像在剧院里一样。

我们雇了几个摩尔人和一个奴隶为我们效力。这里还没有禁止雇用奴隶，摩尔人就会把他们——一般是黑人买下来，给他们工作，每星期结一次工资，一直到他老死。西班牙人面对这些流动人口也没有办法。我们的这个奴隶是从马拉开希来的一个黑人，他的家人都还在老家，人倒是十分善良，身世却很可怜。所以我想偷偷地开飞机把他载到阿加迪尔，但是这样我们自己也危险，可能会被杀，还要罚2000法郎。假如您认识一些反对雇用黑奴的朋友，可以请他寄钱给我，我帮他赎身，让他们一家团聚。

我很想跟你们在亚贵一起过,亚贵对我来说就是美好生活的代名词,待在那里连无聊都是妙不可言的。如果我下星期回去卡萨布兰卡的话,我要给我们的黑奴的小孩买几条本地最好的织毯,这个对他们来说似乎很有用。

今天的天气阴沉沉的,海、天、沙都缠缠绵绵,分不清彼此。看过去有点像远古时代的沙漠,没有生气。只有偶尔发出尖锐叫声的海鸟提醒着这里也有生命。昨天我收到了一个2000千克的包裹,是我之前订的大型驳船,它坐着船,路过沙洲,靠到海岸,我再将它卸下,它有洗衣船那么高,船身很修长。因为曾经是海军专校候选生,所以我订了这艘船。

今晚是圣诞夜,现在在这片沙漠中,我已经麻木了,一点感觉也没有。在这里感觉不到时间空间,生活得真奇怪。

温柔地跟您吻别。

敬爱您的儿子
安托万

第八十一封

朱比角，1927年—1928年

我的老姐姐[1]：

你的卡片让我很感动：多美好的回忆啊！如今我们就像分隔在通天塔中的孩子一样。撒哈拉虽然遥远，但我知道这一切会被岁月酿成一杯美酒。弗赖堡下雪了（这样这里会更好）。波兹一家，多莉·德·芒东，路易·德·彭维，因为我的不解释，每个人都把我看作冷血无情的人，但是我深深地缅怀被摧毁的过去，所有被摧毁了的匆匆过往。达喀尔，埃蒂安港，朱比角，卡萨布兰卡，这3000千米的海岸，还没有在弗赖堡20平方米的人口密度，或者是波兹家的客厅的人口密度那么大，我相信我爱上了多莉。此外，我还爱上了她的妹妹，但是好像多莉在代理所有的事情，因为是她在回应我的信。这总是让我很烦，但现在大约感动了我。

我用巡道工一样的耐心，每天监视着撒哈拉。要不是我能偶尔去卡萨布兰卡送信，或者是更为鲜少地去达喀尔（虽然达喀

---

[1] 写给姐姐西蒙娜的信。

尔是个脏乱的垃圾桶）送信，我会变得神经衰弱的。

最后说说卡萨布兰卡，你想象一下，在修道院待了三个月后看到它。卡萨布兰卡是我的人间天堂，因为它是我们度假时的第一圣地，这里也一样。在阿加迪尔港口我俯瞰着绿色的景观和山地景观。这是一种甜蜜的新鲜。从摩加多尔的田野再到欧洲，都很令人欣慰，都不再有更多的枪声。

对啦，你是巴黎文献学院的学生。这让我感到自豪。你也可以稍微跟我说说你的生活，因为我一点也不了解。

我在知道摩尔人都是表面的人道主义之后，脾气开始变得暴躁。我开始采取更强硬的方式。他们杀一个人就像杀一只鸡一样容易，他们就是彻头彻尾的小偷、骗子、强盗，是非常虚假和残酷的人，他们甚至能躺在满是虱子的地上跟虱子共处。如果他们有一只骆驼，步枪，十发子弹，他们会认为自己是世界的主人。他们会亲切地告诉你，他们要是在一千米内碰到你，将会把你切成小块。他们给我取了一个好听的名字："小鸟的指挥官"。

现在是午夜。西班牙哨兵发出大喊，大家都说像海鸟的叫声，相当凄凉。我向你吻别。

安托万

第八十二封

朱比角，1927年末

我慈爱的妈妈：

最近我过得还算好，明年我想去艾克斯休养一下。另外，没有什么特别的事，万年不变的阳光每天准时地照在翻腾的海面上，海浪一分一秒也没有停息过。

这几天我也看了一些书，想自己动笔来写一本[①]了。我现在已经零零碎碎写了一百多页了，但一直不知道怎么写书的小结大纲，每当我提笔的时候总觉得有很多要写的，非常凌乱。您有什么建议吗？

如果这两三个月我有时间回法国的话，我会将书稿带去让安德烈·纪德或拉蒙·费尔南德斯看看。

我现在已经开始和西班牙人打探周围的情况了，每次我们都打算伪装成异端派的摩尔人。最开始我都坚持只做小范围的驱逐行动，以免走漏了风声。等敌人放松警惕后再扩大范围，一切还是要从长计议。不过还不知道我的这个计策领导们是怎么

[①] 代指《南方邮件》。

看的，以前他们还是支持这类策略的。

总之，因为附近还在打仗，我至少还要再等一个月才能回家。

尽管我厌倦了海洋，却还会时不时想起圣莫里斯和亚贵。还有柔软甜美的法国。

长吻您，如我的爱。

敬爱您的儿子
安托万

【附言】等我一到卡萨布兰卡，就给您寄些新年礼物。

第八十三封

朱比角，1928年

我慈爱的妈妈：

因为种种原因，我要9月1号才能回来了。到时候我自己会请假的，您不要给苏杜写信，也不要去请马西密帮忙，我觉得走后门很没面子。我已经长大了，知道如何跟主任沟通，得到自己想要的。这明明是一件能当面解决的很简单的事，如果我去走后门的话，他肯定会觉得很奇怪的。

时间一天天过去，这个国家也越来越让我觉得没有内涵。两百多人顽强地生活在这个坐落在撒哈拉角落的国家，他们每天闭门不出，除了最肮脏的摩尔人。但即使是他们也不会和基督徒打交道。如果整个撒哈拉是个大舞台的话，那这个国家就是撒哈拉的后台，到处都是低级的龙套，整个国家就像个又脏又乱的农村一样让我心生厌烦。

飞机在这几天飞过的地方都没出什么事，我还想着我会不会有机会搭救遇上飞机抛锚的同事呢。

您看过玛格丽特·肯尼迪的佳作《忠实仙女》吗？这是一部令人钦佩的著作，跟巴雍的《卢森堡天牛》和路克·朵旦的

《另一个欧洲——莫斯科和莫斯科信仰》一样。

  我现在很努力地尝试阅读都德的《梦醒》，我发现他的手法非常浮夸，这完全不是哲学，根本让人无法理解。

  相比较而言，克雷特的《白天的诞生》就好看得多，我推荐您看看。

  我要停笔了，要去清点汽油箱。此外我正等着《南方邮件》的面世。

  长吻您，如我的爱。

敬爱您的儿子
安托万

第八十四封

朱比角，1928年

我慈爱的妈妈：

现在我这里非常忙乱，大家都忙着寻找在撒哈拉沙漠中失踪的两班邮递机。其中一个飞机的机组人员还遭到了监禁。我整整五天都没下飞机，大家共同度过了众多有趣的时光。

我不得不尽快向您告别了，我一个半月后返回祖国。原谅我的信里只有只言片语，因为我们真的很忙。

安托万

第八十五封

朱比角，1928年

我的小迪迪：

我们刚刚做了件足够漂亮的事情：我们找到了迷失在沙漠里的两封信。我是这儿的常客，已经来了四回，这一次我们用了五天，飞行了大约8000千米。因为一点故障，我还要再在这里继续待上一个晚上。这段时间，大家都证明了自己很勇敢。

现在我们已经找到了第一个遭摩尔人劫持的机员和邮件，但是摩尔人释放人质的条件是100万支步枪、100万比塞塔，100万匹骆驼。（什么都没有！）而且现在更糟糕的是，摩尔部族已经开始要和我们打仗了。

持有第二封信的那人，他可能在南部的某个地方自杀了，因为我们没有新的消息。

我想在9月回一次法国，而且是非常迫切地想回去。但是虽然我自己是这么想，要回去的话，我的钱还不够，只有几个便士。我还是不想在这种情况下那么早地回去。

我饲养了只非洲小狐或叫耳廓狐。它比猫小，有巨大的耳朵。十分可爱。

但是它的叫声却像一只狮子一样,十足的一个野兽。

我完成了170页的小说,不知道你们大家对这本书会有什么看法呢?9月我会带来给你看的。

我期待着能早日重新回归人类的文明生活,虽然你可能不理解,甚至你认为还比较遥远,但人类生活现在对我来说是种奢侈的幸福……

你的老哥
安托万

【附言】想你,我要结婚了……

第八十六封

朱比角，1928年

我慈爱的妈妈：

近来我们遇到很多事儿，不过都非常完美地完成了。比如搜救失联同事，进行飞机救援等。在这之前我还从来没有这么近距离地降落或在撒哈拉沙漠睡过，也没有亲身在沙漠里与子弹近距离接触。

妈妈，我好想能马上回到您的怀抱，可有个同事不幸被囚，只要他还不是百分之百安全，我就必须留下来。或许我还能派上用场。[1]

偶尔我也会梦到这样的场景：那里铺着桌布、摆着水果，有妻子陪我在菩提树下走走，看见熟人时我可以殷切地跟他们打招呼，而不是朝他们开枪扫射；再也不用在浓雾里，开着时速200千米的飞机，过着提心吊胆的日子。真希望能惬意地在白色

---

[1] 现实中摩尔人囚禁的两位飞行员是雷内和塞贺。1928年9月17日，安托万试图解救未遂。

的石子路上散步，而不用再面对这一望无际的沙漠。

可一切，是那么遥远，可望而不可即！

长吻您。

安托万

第八十七封

朱比角，1928年

我慈爱的妈妈：

听说只要被囚禁了的同事放出来了我就可以回法国了，他们已经被关了快两个月了。目前没有一点儿关于他们的讯息，天知道他们是死是活。另外，现在撒哈拉的形势乱得不得了，这里的游牧部落都在打仗。①

这里的景象跟圣莫里斯是很不一样的。

最近我过得还好，但我还是很期待去艾克斯莱班或达克斯疗养的，当然在去之前我会先去看您的。11个月的独居生活都让我快变成野人了。

至此停笔，诚挚地吻您。没准9月初我们真的可以见面了。

敬爱您的儿子
安托万

【附言】西蒙娜和迪迪要来信啊。

---

① 1928年10月19日安托万参与营救挂彩的西班牙飞机。

第八十八封

朱比角，1928年

我慈爱的妈妈：

近来日子很舒心，您的信还是那么打动我的心。

我的同事还在监禁中，可能还要再协商半个月左右，我也没有办法，和您见面只能拖到9月底了。

但我真的很想马上飞到您身边。

长吻您，如我的爱。

敬爱您的儿子
安托万

第八十九封

朱比角，1928年

我慈爱的妈妈：

真倒霉，与我换班的飞行员在路过摩尔人那里时出事了，飞机抛锚。我可能还要再继续等三个礼拜了。

我真想见见您、亲亲您、哄哄您，真想离开这看不到边际的黄沙之地！我现在心里只想着能早日离开这里，这是我还待在这儿的唯一的意义。

长吻您，如我的爱。

安托万

【附言】我在这里一无所有，但是您要相信待我回来之时，书一定已经出来了。

第九十封

朱比角，1928年10月

我慈爱的妈妈：

您要在亚贵等我真是好消息，要在圣莫里斯的话我会冻死的。

我计划10月21日周日出发，中途会在卡萨布兰卡停四五天，因为我要买两件衣服，我现在都没一件像样的衣服可穿。然后再过15天我们就能见面了。

我在等待连队的命令。

我随时可以出发，我真是太兴奋了！

温柔地吻您。

安托万

【附言1】接我班的人来了。

【附言2】能和大家团聚是无尽的乐趣。

【附言3】替我拥抱皮埃尔。

第九十一封

布雷斯特，1929年[1]

我慈爱的妈妈：

看到信就好像看到您一样，顿时有好多话想要说，却不知从何说起。

最让我兴奋的是您在信中评论了我的书[2]，好想见到您。如果下个月开始售书，我们就可以去达克斯。到时候就可以给您看看我刚开始写的小说了。现在我渴望休息，因为我既难过又孤寂。

布雷斯特很是无聊。

如果我有四五千法郎，我一定接您来布雷斯特。因为我相信我的书绝对是畅销之作。但是现在我还没有那么多钱，我还有债务没有厘清。借钱是个好主意，可又有谁愿意借我呢？

反正一个月后我就不在这儿了。

我也想回圣莫里斯，想再看看我的老房子，还有我的箱子。

---

[1] 安托万在布雷斯特短期进修海军陆战队士兵航空飞行员高级班。
[2] 代指《南方邮件》。

我的书里写了很多那里的回忆。

还有，妈妈您怎么会认为您的信很无趣呢？只有它们才能打动我，让我心动啊。

回信时请告诉我人们是怎么看待我的书的。不过像是X，Y，甚至是其他蠢蛋就不要给他们看了，我的读者起码要有看懂吉罗杜的水平啊。

温柔地向您吻别。

安托万

【附言】您给我寄的那篇书评写得真差，只有一些观点稍微好点。一本书出版后至少得三个月后才会有比较中肯的评论。

第九十二封

布雷斯特，1929年

我慈爱的妈妈：

您太有名了！阿格斯记者给我寄的报纸里都有关于您的报道，甚至里昂市都买了您的画作①！您真是个大名人！您谦虚到都没跟我说过一个字。

咱们家真棒。

我看得出来，亲爱的妈妈，您还是有点喜悦的，不只是为我，也为您自己感到骄傲吧！还有最多三个礼拜我们就能见面了，一想起来我就兴奋！

您读过最著名的批评家爱德蒙·嘉璐的文章吗？

如果您还有其他的想法，一定要写信告诉我。

衷心地吻您，如我的爱。

敬爱您的儿子

安托万

---

① 里昂市购买了三幅圣埃克絮佩里夫人的画作。此处安托万谈论的是圣莫里斯·德·雷蒙斯公园。

第九十三封

在联合汽艇上,1929年

我慈爱的妈妈:

我上船了[1]。这次旅行一定会很棒,从出发开始我就一刻都没闲下来,简直累惨了,真想好好休息一下。现在总算有时间了。

伽利玛出版社喜欢我的书,空运了小样来,还马上约定了下一本。

伊冯娜从契特雷跑来跟我告别,她告诉我文学界几乎所有人都在谈论我的书。

我到西班牙毕尔巴鄂港之后会给您写一封长信的,三四天内您就会收到它。

温柔地亲亲您。这封信并不是向您告别:这只是在到达毕尔巴鄂港前向您表达我的爱意的一个小便笺。

---

[1] 1929年10月12日,安托万乘船抵达布宜诺斯艾利斯,任航空邮递公司旗下的子公司"阿根廷航空邮运"经理。

我慈爱的妈妈,您会懂我的深情。

亲亲玛德阿姨和奶奶!

亲亲迪迪!

安托万

第九十四封

在联合汽艇上，1929年

我慈爱的妈妈：

我们路上一切都好。在船上我们和一群小姑娘一起玩猜字谜、玩变装，甚至玩一些瞎编造的假证件。昨天我们还一起玩了捉迷藏，好像一下子回到了15岁。

我们的船行驶在油海上，四周一点儿声音也没有，要很仔细才能听到偶尔刮过额前的风声。所以在船上要有多彩的想象力才不会觉得无聊。

天开始逐渐变热。我们的船中途在达喀尔停了五个小时，以前在这儿的回忆一幕幕地涌上心头。这封信我会给您寄航空件，三四天就会到的。

我慈祥的妈妈，地球可真小。我在达喀尔却有种还在法国的感觉。大概是因为我对家乡太恋恋不舍了，从图卢兹到塞内加尔这一路上，每一棵树，每一座山丘，我都认得出来，连路上的石头我都能叫出名字来。

妈妈，我刚到达喀尔就有人把您的信送到我手上来了，我真感动，这个绝妙的点子您是怎么想到的？您真是个明智的妈妈。

　　这一次虽然也是离开了家，但是我却一点也没觉得伤心或是觉得离家很遥远。因为这一点儿也不像旅行，船在行进却一点声音也没有。俱乐部里还有妈妈们在玩着猜字谜，这多像在家里，一点儿也不像在外国。就连达喀尔的风都和圣莫里斯的差不多，虽然是热风，但也和圣莫里斯没风时候的天气差不多了。

　　沿途一直能看到飞鱼和鲨鱼跃出海面，船上的小姑娘们看到就尖叫起来，然后就开始玩起关于鱼类的谜语游戏。

　　我要上岸去邮局寄信。温柔地吻您。不论我走到哪儿，您都在我身边。

　　很快您就会接到一封南美洲来的信。我慈祥的妈妈，地球可真小，我们不遥远。

　　亲亲你们大家，如我爱你们那样。

敬爱您的儿子
安托万

第九十五封

布宜诺斯艾利斯，大华酒店，1929年10月25日

我慈爱的妈妈：

就在刚刚我好不容易得知自己今后该做的事了……

我刚刚被任命为阿根廷航空邮运公司的经理，这是航空邮递公司下面的一家子公司（薪水大约225000法郎）。也许您会开心，但是我还稍微有点难过，因为以前的生活其实也挺好的。

我觉得这会让我变老。

以后想开飞机就只有等到审查和开发新航线的时候了。

本来我没打算写信给您的，因为今天晚上我才知道我的新任命，而且半小时前我就该出发去送邮件的。时间很紧迫。

回信寄到我信上的地址（大华酒店）而不是公司。等我住下来我再写信。

布宜诺斯艾利斯是个毫无魅力、了无生趣、令人讨厌的贫瘠城市。

周一我要去智利的圣地亚哥几天，周六再去巴塔哥尼亚的科莫多罗-里瓦达维亚。

明天我会写一封长信给您,走海路寄给您。

长吻您,如我对大家的爱。

敬爱您的儿子

安托万

第九十六封

布宜诺斯艾利斯，1929年11月20日

我慈爱的妈妈：

简单平和的日子就像曲子一样一天天地在过着。本周我去了巴塔哥尼亚的科莫多罗-里瓦达维亚和巴拉圭的亚松森。其他的时间也大致平静，没有什么大事发生，我也非常谨慎小心地管理着阿根廷航空邮运。

29岁就做到了领导职位，我过得还不错，您会觉得骄傲吧？大家曾经如此指责您，这是对他们的最佳回击和对您辛勤教导的最佳回报，不是吗？

我买了一套带家具的迷你公寓。地址如下，仍是：布宜诺斯艾利斯605佛罗里达州大道加莱里亚，圣埃克絮佩里先生（收）。

我在这儿遇到了几个知音，他们是威马一家的朋友，我们非常谈得来，我相信我一定还能找到其他和我一样热爱音乐和读书的人的，这样也好慰藉我在沙漠中的孤独。其实布宜诺斯艾利斯也是个沙漠。

我慈爱的妈妈，您的来信太感人了，我现在还沉浸在这种感动的情绪中，多渴望现在您在我身边。在未来几个月这个愿望会成真吗？但是如果您来的话，我就担心布宜诺斯艾利斯会把我们团团困住。

因为阿根廷没有农村，一无所有，不论走到哪里都是城市。市郊只有四四方方的田地，没有树木，农田中央可能会有小木屋和铁制的水磨坊。坐飞机数百英里看到的都是这些。根本没法散步。

结婚这个念头在我心中挥之不去。莫诺特怎么样？写封信来告诉我大家最近过得好吗。他们有没有谈起我？会怎样评价我呢？对我的书有没有什么看法呢？

长吻您，如我的爱。

安托万

第九十七封

布宜诺斯艾利斯，1930年

我慈爱的妈妈：

下周您将收到电汇的7000法郎，2000是孝敬您的，余下的就还给马尔香吧。从10月底开始我每月都会寄给您3000法郎，而不是之前说的2000法郎。

我认真考虑过，希望您能到拉巴特去过冬，因为那里有秀丽的风景，那里就是您的画室。我想您不会不满意的，更会创作出许多优秀的作品。

我会给您出旅费，然后每个月给您3000法郎的生活费，我相信您一定会过得很惬意。只是我离得如此远，无法在您身边关心您，了解您的需要。您要不要写封信给奥薇娜或者联系一下看谁在拉巴特有朋友？我可不想您到了那儿是孤零零一个人。但是我敢肯定您在那儿一定会过得很开心的，而且再过两个月那里的鲜花就全都开放了，这多美妙啊！

在马拉喀什，走一走，画些画，都很适合您。但是我想您会更喜欢拉巴特的。

无论如何，我不想去卡萨布兰卡。

这个国家非常单调，几乎没有什么好的景色，但是每天我还是会去外面散散步。在巴塔哥尼亚南部（科莫多罗-里瓦达维亚油井），一天我们发现沙滩上有成千上万的海豹，就抓了一只小海豹用飞机带了回来。因为这个国家的气候偏冷，而且越往南边越冷。

现在，布宜诺斯艾利斯的夏天已经来了，天气渐渐热起来了。

我慈爱的妈妈，温柔地吻您。

敬爱您的儿子
安托万

第九十八封

布宜诺斯艾利斯，1930年1月

我慈爱的妈妈：

我在念《尘埃》[1]，直觉告诉我您同样爱看它，就像我们当初都喜欢《忠实仙女》[2]一样，因为书里有我们的影子。我们也像书里写的那样呼朋引伴，还有我小时候牙牙学语的回忆，我们发明的游戏，这不都是我们自己历历在目的经历吗？

今晚不知怎么了，我特别怀念圣莫里斯的前厅。晚饭后睡觉前，大家总会坐在行李箱上或皮沙发里。舅舅们就在走廊里来回散步，一边散步一边聊天，我们在昏暗的灯光里时不时能听到他们的只言片语。再然后大人就会在客厅里打桥牌，我们这些小孩子就伴随着打牌的声音沉沉睡去了。

有时我们在勒芒睡着后，您就在楼底唱歌。您的歌声是那么美妙，就像大型演出时歌唱家唱的那样，像天籁般飘到我耳边。我那时觉得我最好的朋友就是圣莫里斯楼上房间里的小火

---

[1] 作者罗沙蒙德·莱曼。
[2] 作者玛格丽特·肯尼迪。

炉了，每次我夜里醒来看到它都觉得那么温暖。

我的小火炉每晚都发出像陀螺转动一样的声音，和我忠诚的卷毛狗一起保护我，给我带来温暖。当您偶尔上楼来看我时，一打开门，墙上就会映出您的身影。听到小火炉还在发出响声，您就会放心地下楼去。

从来没有一个朋友会给我像小火炉一样的感觉。

还有您房里的第二张床，我们那时候都觉得能生一场病躺在上面是福气，躺在上面就好像翱翔于天空、银河，在大海里自由驰骋一样。那时只有感冒了的人才能有这个幸运享用它，再加上您房间里也有一个暖暖的壁炉，别提有多舒服了。

从小我就是一个没什么存在感的孩子。是玛格丽特小姐[1]教会了我什么是永恒。

现在我写了本关于夜航的书[2]。表面上看是写夜间的航行，但其实我写的都是夜晚的回忆。

下面是书的开头，写的是我童年记忆中的夜晚：

夜晚来临的时候，我们在客厅里靠着休息。面前吊着一盏盏的灯，幻想着周围是美丽的花架，灯光打开，墙上便映出像棕榈叶一样的影子。当大人们关上客厅的灯的时候，影子也消失了。

---

[1] 安托万的家庭女教师。
[2] 《夜航》初版于1931年，并获得费米娜文学奖。

一天就这样在童床上结束了，期待明天。

妈妈，您俯下身来看着我们、安慰我们，您把被套上的褶皱抚平，把困扰我们的黑影赶走，让我们睡得踏实，不受干扰……您在床前的抚慰就像使大海安静的神之指。

在这之后便是我们失去防护的飞机在黑夜中穿行。

您无法想象我对您的感激之情和您在家中留给我的回忆对我的影响是多么大。我看起来好像一点儿都不在乎的样子，那只是因为我太不善于表达自己的感情了。

所以，妈妈，我不是故意不经常给您写信，您知道我平时就不怎么说话，实在是心有余而力不足啊。

白天刚刚结束2500千米的长途飞行。一直到晚上10点太阳落山后才从底特律麦哲伦海峡附近往回飞。我在飞机上往下看，各个城市的草地绿油油的一片。还有几个奇特的铁皮小屋点缀着一些异国小城。怕冷的人们就围坐在火堆旁取暖。

我们看着阳光一点点在海面上散去，真是一道美丽的风景。

这个月给您寄3000法郎。我觉得您应该差不多够了，您大概10日或15日能收到。我一共曾寄了10000法郎（加起来就是13000法郎了）。您是否收到，高不高兴？我很想知道。

温柔地吻您。

敬爱您的儿子
安托万

第九十九封

布宜诺斯艾利斯，1930年7月25日

我慈爱的妈妈：

最近日子过得还不错，我现在正准备一部电影剧本①，希望将来能开拍上映。我还淘了一架小摄影机，我会拍一点美洲的风景和故事给您看的。

我最近去了智利的圣地亚哥，去当地的法国朋友那儿聚会。那里风景怡人，安第斯山脉更是一绝！

这座美丽的山峰高7200米，长200千米，像一座巨大的城堡一样，在它面前勃朗峰真是小巫见大巫了。我在登到6500米的时候刚好来了一场暴风雪，顿时所有的山峰都披上了洁白的衣裙，好像刚从地底喷薄而出的火山岩浆一样。暴风雪的呼啸声让我感觉整座山峰都沸腾了，好似不能逾越的城堡。冬天，每次驾驶飞机飞过这座山峰的时候，我都有一种强烈的孤独感。

在这儿我也陆陆续续交了些好朋友，但是一想到和您还是天各一方就难免伤心。而且我也知道在法国的日子也好不到哪

---

① 指正在撰写的电影剧本《安妮·玛丽》。

里去……

妈妈,我好久都没有大家的消息了,给我写信吧,可以寄航空件。

温柔地吻您。

安托万

第一百封

布宜诺斯艾利斯，1930年

我慈爱的妈妈：

对不起，让您伤心了，我也一样。您知道我一向都已经习惯了保护大家。我想帮助您，再帮西蒙娜，再一家团聚。

虽然我常年不在家，能照应大家的很少，可我依然爱家。

我对家乡的感情是那么深，让我在异国他乡也总是想着它。走在人群中的时候，我总是不经意就回忆起圣莫里斯的菩提树味、壁橱味、您的声音，还有亚贵的油灯，还有当时所有的记忆都一一涌上心头。我不禁在想为了赚钱而背井离乡是不是值得？莫诺特刚好和我的想法相反，她总是一味地追逐那些不现实的东西，到现在还没有找到工作，生活也还没稳定下来，一想到她我就觉得难过。什么"先暂时实习一段时间，过后再把你调到新岗位上去"这类的话都算不得数，生活哪有那么简单，想什么就有什么。外国人才会希望你一直留下来帮他们做事。

您说得对，我们做事都要干脆利落，不要犹犹豫豫，消遣玩乐是亿万富翁们的特权。

即使去了会失望，大家一般还是会去印度一带定居的。放假了总还要回法国。销假了总要回去：因您让他染上最严重的病。回去不是为了后悔的享受，而是不浪费时间。生活自有选择，只得顺其自然。

我心里一直在纠结要不要让您过来，因为我不确定让您来这儿是不是合适。想了好久，可能还是等我的生活再稳定些您再来好一些吧。

最近我正忙着写书，没很多时间给您写信。我相信这本花费了我这么多心血的书将来一定会是上乘之作。

亲亲妈妈。您要知道您的安抚最重要，每当我难过的时候就想回到您温柔的怀抱。我还是像小时候那样那么依赖您，就连看到您的照片也能让我安心。

真想念圣莫里斯的行李箱和菩提树。我给我的每个朋友都讲了我们小时候玩的游戏，在下雨天里扮成阿卡林骑士，或者失传童话里的巫婆。

在童年里避难真是场奇怪的流亡。

让我再亲亲您。

安托万

第一百零一封

图卢兹，1932年

我慈爱的妈妈：

您把我的小娇妻①照顾得那么好，我真心地谢谢您。其实，以您的温柔和细心，这我早就应该想到的。我想回去看看你们，再把她接回来跟着我，但是我最近手头比较紧，所以只有发电报让她来找我了。

我决定先带她去卡萨布兰卡待两个月，我已经跟上级请示暂时调往摩洛哥，为的就是陪她养病，我陪着她在那里她会很高兴的。在她没动身之前，希望我有时间顺道去图卢兹看看您，也希望一切进展得好。

到时候我会让迪迪也过来的，我们一起陪着您，您就不会孤单了。她还没感谢我赠给她的书，这可不太礼貌。您有没有让她接着读下去呢？

妈妈，现在我还不知道我的读者们对我的书有什么看法呢，

---

① 1931年安托万在亚贵迎娶了邂逅于布宜诺斯艾利斯的孔苏埃洛。

一个也没有听到，可怜可怜我，告诉我吧。

我慈爱的妈妈，我不得不至此停笔。我凌晨4点要去送信。到睡觉时间了！长吻您，如我的爱，很爱很爱您。

安托万

第一百零二封

开罗，1936年1月3日①

我慈爱的妈妈：

读完您的来信，我感动得都哭了。我每天都在沙漠里深深地呼唤您的名字，但是这荒无人烟的沙漠每次都将我的深情吞噬。

我就这么丢下孔苏埃洛离开真的是太自私了，她是那么需要我。我是那么想回来保护和照料你们大家，但是无奈这无边无际的沙漠挡住了我的去路。我恨这沙漠，我们翻山越岭为的就是能早日和你们见面。我是多么需要您的关怀和照顾，现在的我就像只极度没有安全感的小羊一样在呼唤着您。

我想回来的原因之一是担心孔苏埃洛，但其实，我是太想您了。您娇弱的身躯下有一个强大、聪明的灵魂，它每天在保佑、祝福着我。每当夜深人静的时候，我都只为您祈祷，您知道吗？

安托万

---

① 1935年12月29日离开班加西4小时后，安托万的飞机坠毁在利比亚沙漠中。1936年1月1日晚上才被救回。

第一百零三封

伦纳德，1939年12月①

我慈爱的妈妈：

如今我在一座庄园落脚，这里有两个老爷爷，一些叔叔阿姨，还有三个小朋友，他们都很热情。我们在庄园里生着了火，现在就围在柴火边暖手脚，因为我们在10000米高空飞行时，温度比地面要低将近50摄氏度。

但是在空中我们不会太冷，我们都穿了很厚实的衣服，有30千克重呢。

战事已经不那么激烈了，我们也重新开始工作了，但也只是出出步兵操而已。皮埃尔②肯定在种葡萄、养奶牛。虽然都是小事，但是我认为其重要性不亚于道口看守员或是下士。

将来国家肯定还会安排更多的军人转业，这样经济的复苏才有希望，我们总不能为战争牺牲一切吧。

---

① 安托万被分配到第三十三飞行大队第二中队，驻扎于伦纳德（马恩省）。
② 指皮埃尔·迪·阿盖。

请让迪迪一有时间就给我写信吧。真希望再过两个星期就能和你们大家见面，哪怕只是一面，我也高兴得不得了。

敬爱您的儿子

安托万

第一百零四封

伦纳德,1940年

我慈爱的妈妈:

我不是不告诉您我的消息,我给您写了信的,但是信丢了,我也不好受。而且最近我又生病了,莫名其妙地发高烧,整个人也很难受。庆幸的是病已经好了,我也重新归队了。亲爱的妈妈,我从心底爱您,对您的关心和思念一刻也没有变过。只希望您和家人都能平安。

妈妈,随着时间的推移,愈演愈烈的战争、危险和威胁更是增加了我对大家的挂念忧虑之情。可怜的小孔苏埃洛,现在只能孤孤单单的,我对她真是又担心又怜惜。要是某天她逃到南方,妈妈您可千万要留下她,看在我的分上就把她当自己的女儿一样照顾吧。

我慈爱的妈妈,您信里责怪的话让我特别难受,我不希望您生我的气,只希望能从您那儿得到最温柔的安抚。

家里其他人生活上还需要什么吗?告诉我,我一定会尽力帮助大家的。

长吻您，如我的爱，永无止境。

敬爱您的儿子

安托万

空军第三十三飞行大队第二中队

邮递区号897

第一百零五封

伦纳德，1940年

我慈爱的妈妈：

警报刚响，可轰炸尚未开始，所以我边等边在膝头给您写信。我想您。

毫无疑问，世界上没有比迪迪、她的孩子们和您更珍贵的了。我的心只为牵挂您而跳动。意大利每天都在无休止地轰炸，我真担心您的安危。我快急死了。慈爱的妈妈、亲爱的妈妈，我永远都需要您的安抚。在这世间还有什么可以让我所钟爱的人免去备受摧残的痛苦？其实比战争更可怕的是对未来的担忧：妻离子散、无家可归。生死我都不在乎，我只在乎我们一家人是否还能像以前一样坐在一起促膝谈心。我真希望我们还能围坐在家里那张铺着白色桌布的餐桌前，共叙天伦。

日常里没什么事值得与您分享的，因为都是些小事，吃吃睡睡，顶多就是出出危险的任务，毫无价值。这一切都让我的心蠢蠢欲动，我迫切地需要更有养分的心灵体验。现在我的灵魂极度饥渴，如果没有其他有价值的经历提供养分的话，我想我会渴死的。当然，我内心深处真正的信仰是不会因为任何危险和磨难而改变的。现在的我只想饮一杯童年的回忆，闻一闻那些年圣诞节夜晚的烛火香。

我现在有时间写作了，正在酝酿一本能滋润人灵魂的书，但却不知该如何下笔。

再见了慈爱的妈妈，用尽全力抱抱您。

敬爱您的儿子

安托万

第一百零六封

波尔多，1940年6月[1]

我慈爱的妈妈：

现在我出发飞往阿尔及利亚了。因为在这期间我没办法写信，所以您也不用等我的信了。但是这丝毫不会影响我对您的爱。长吻您，如我的爱！

安托万

---

[1] 1940年6月20日，通过尚未完工的军用四发动机飞机——法曼机从波尔多运送飞行人员和飞行物资至阿尔及利亚。

第一百零七封

阿尔及尔，1940年6月

亲爱的西蒙娜：

我还活着，但是我所在的第三十三飞行大队第二中队三分之二的队员已经牺牲了。马太将军十分想负责我这条航线。昨天起我们就在阿尔及尔，在那里我们不知道往哪个方向走。三天前我跟家里打了电话，我告诉妈妈、迪迪和孩子们这里一切都很顺利。我希望你不要太担心我，我相信有一天我们终会团聚。

今晚我不知道要对你说什么了，因为我太忧郁了。但是西蒙娜，你应该知道每个人都有心情不好的时候，我还是想让你看到我活力四射的时候。

安托万

第一百零八封[①]

马尔萨，1943年

我慈爱的妈妈：

我马上飞法国了。第一次也是唯一一次。全心全意吻您，吻迪迪和皮埃尔。

估计我很快就能见到您。

敬爱您的儿子
安托万

[①] 这封写给圣埃克絮佩里夫人的信是非法传递的信。

第一百零九封

1943年[1]

亲爱的妈妈、迪迪、皮埃尔：

我是如此爱你们，这是内心深处最深沉的爱。在这个长长的仿佛无尽的冬天里，你们最近还好吗？在做些什么？日子过得怎么样？又有什么新的想法了吗？没有你们的消息这冬天好难熬啊。

妈妈，我最大的心愿就是几个月后，再次与您相见，躺在您温暖的怀抱里，我年迈的妈妈，我慈祥可亲的妈妈。在熊熊燃烧的壁炉旁，我跟您说我的故事，您也跟我说您有趣的事，我们互相讨论，也许会有争论，但每次到了最后您的看法总是对的……

我亲爱的妈妈，我爱您。

敬爱您的儿子

安托万

---

[1] 这封给圣埃克絮佩里夫人的信由中间人——阿尔萨斯抵抗运动领袖之一党格雷传递，他是1944年1月在克莱蒙费朗的美国伞兵之一。

第一百一十封[1]

博尔戈，1944年7月[2]

我慈爱的妈妈：

但愿我的信能顺利到达您手中，您不用担心我，最近我过得不错。我痛苦的是与您分开太长时间。我慈爱的妈妈，我年迈的母亲，您无时无刻不在牵动着我的心。这样分别的日子真叫人难过。

迪迪失去了房子真让我痛心疾首[3]。唉！妈妈，要是能帮她一把我就心安了！真希望她能相信我，把我当成她未来的依靠。我们什么时候才可以重新团聚在一起，互相说说心里话呢？

妈妈，深吻我如我深吻您吧！

安托万

---

[1] 这封遗信在他失踪一年之后（1945年7月）才寄达母亲手中。
[2] 根据安托万的恳求，他被重新分配到第三十三飞行大队第二中队，巴斯蒂亚附近的博尔戈营地。1943年6月25日安托万担任指挥官。
[3] 1944年5月阿盖的城堡被德军摧毁。